Der schöne Mann

Der Autor

Peter Paul Zahl, geb. 1944, verbrachte neun Jahre in der DDR, elf in West-Deutschland, elf in West-Berlin, zehn im Knast und lebt seit 1985 auf Jamaika. Er hat neun Kinder (darunter drei Stieftöchter) in fünf Ländern. Förderpreis für Literatur der Freien und Hansestadt Bremen 1980; Deutscher Krimipreis und Glauser-Preis 1994. 2002 erschien bei dtv sein vielbeachteter Schelmenroman »Der Domraub«.

Peter-Paul Zahl

Der schöne Mann

Roman

Scherz

Für Sophia und Chonty

Alle Personen und Ereignisse sind erfunden. Ähnlichkeiten mit
der Realität waren hier und da nicht zu vermeiden.

Besuchen Sie uns im Internet:
www.scherzverlag.de

Taschenbuchausgabe Scherz Verlag, Bern, 2003
Copyright © 1994 der deutschen Erstausgabe bei Das Neue Berlin
Verlagsgesellschaft mbH, 10178 Berlin
Alle Rechte der Verbreitung, auch durch Funk, Fernsehen,
fotomechanische Wiedergabe, Tonträger jeder Art und
auszugsweisen Nachdruck, sind vorbehalten.
ISBN 3-502-51929-3
Umschlaggestaltung: ja DESIGN, Bern: Julie Ting & Andreas Rufer
Umschlagbild: Getty Images, München
Gesamtherstellung: Ebner & Spiegel, Ulm

I won't, no I won't
I, I won't let you take
All the fruits of my soil
While you were playing.
GREGORY ISAACS

Der Mann lag unweit der Wasserlinie auf dem gelblich-weißen Sand eines der schönsten Strände Jamaikas.
Er trug ein über der Brust offenes weißes Seidenhemd, ein Goldkettchen um den Hals, weiße Leinenhosen und Seidenstrümpfe, weiße Slipper aus weichem Ziegenleder.
Sein schwarzes, an den Schläfen weißes Haar war sorgsam in *Jherry Curls* gelegt, sein reiner Teint hatte die Farbe von Herrenschokolade, seine Nase war gerade, und sein lächelnder Mund legte perfekt weiße Schneidezähne frei. Die Innenseite seiner linken halboffenen Hand neben dem Oberschenkel leuchtete rosa und zeigte, daß er lange nicht körperlich gearbeitet hatte. Der rechte Arm war vom Körper abgewinkelt, direkt neben der Hand lag eine 9-Millimeter-Firebird. Der Mann sah aus wie der ältere, schwärzere Bruder des jungen Harry Belafonte.
Nur die typisch auswärts gestellten Füße und ein hübsches, sauberes Loch in der Brust – genau über dem Herzen, mit schwärzlichem Rand und etwas angetrocknetem Blut ringsum – zeigten, daß er tot war.

Mit leisem, tonlosem Pfeifen ließ Prento die bislang angehaltene Atemluft ab.
»Gleich hüpft der Regisseur aus den Büschen dahinten, ruft: Perfekt!, der Kerl hier springt auf, und wir quasseln über die nächste Einstellung«, sagte er; aber ich sah ihm an, daß ihm nicht im geringsten nach Witzen zumute war.
Mir schon eher. Ich hätte gern Schuhe, Strümpfe, Hosen und Hemd abgestreift, mich in das ruhige, smaragdgrüne Wasser zu stürzen.
»Ist dir was aufgefallen?« fragte Prento.
»Massenhaft«, sagte ich.

»Witzbold«, brummte er. »Kein Mensch zu sehen vom Korbflechterladen an der Ecke der Hauptstraße bis hierher.« Ich zündete mir eine Zigarette an.

»Und vorgestern früh«, fuhr er fort, »Männer, die im Vorgarten ihren Wagen wuschen, ein Bus, hier einige Badende aus dem Umland, drei, vier Zelte waren aufgeschlagen ...«

»Zelte?« sagte ich zweifelnd.

»Touristen«, sagte Prento. »Wieso sind die jetzt weg? Bei den anderen könnte ich's ja ...«

»Vorgestern war Sonntag«, unterbrach ich ihn. »Sonntags ist am Strand immer was los.«

»Wir waren auch hier, Sonntag«, sagte Prento leise, und ich sah, wie es in ihm arbeitete.

»Kennst du ihn?« fragte ich.

Er schüttelte den Kopf. »Irgendwie kommt er mir bekannt vor.« Ich wandte mich ab und ging zu dem hellblauen BMW, der etwa dreißig Schritt entfernt unter einem Mandelbaum geparkt war. Die Fahrertür stand halb offen, über der Lehne des Fahrersitzes lag ein weißes Leinenjackett. Ich zog ein Taschentuch aus der Hosentasche, legte es über meine rechte Hand, öffnete die Tür vorsichtig am Holm, holte die Jacke heraus und griff in die Innentasche. Eine kleine Lederbörse enthielt Führerschein und ein Bündel nagelneuer *Concordes*.

»Nach Fußspuren zu suchen hat überhaupt keinen Sinn«, sagte Prento und blickte mir fragend entgegen.

Ich tat gleichgültig und betrachtete die perfekten Flugbahnen der John Crows, die in immer größerer Anzahl über der Bucht schwebten.

»Wie lange liegt der schon da?« fragte ich.

»Etwa drei Stunden«, erwiderte Prento. »Und?«

»James Douglas Walker«, las ich vom Führerschein ab. »Geboren am einunddreißigsten August fünfundvierzig. Wohnhaft in Kingston.«

»Ach du Scheiße!« sagte Prento leise. Er schluckte. »Nun weiß ich, warum mir der Kerl bekannt vorkam. Das wird Trouble geben.« Er versuchte zu lachen. »Kennst du ihn nicht?«

»Nie von ihm gehört«, sagte ich. »Walkers gibt's wie Sand am Meer.«

»Aber nur einen James *Doubletrouble* Walker«, entgegnete Prento.

»Sagt mir gar nichts.«

»Ja, als er im Zenit seines Ruhmes stand, warst du in England«, sagte Prento.« Du warst ja schon immer schlauer als ich.«

Das ist wahr. In der Schule hatte ich die besseren Zensuren, bei den Mädchen hatte ich mehr Erfolg, als junger Bulle stieg ich schneller auf und wurde zur Spezialausbildung ins alte *Mutterland* (Fuck the mother!) geschickt; er kam später nach, heiratete eine Engländerin jamaikanischer Abstammung (zwei Pässe sind immer besser als einer), hat mittlerweile vier eheliche Bälger und ist immer noch bei der Truppe, derweil ich den Riecher hatte, dort auszusteigen, ehe mich das Hickhack zwischen den beiden Parteien aufreiben konnte.

»Nimm den Wagen«, sagte Prento und setzte sich auf seine sorgfältig zusammengefaltete Jacke, »fahr zur Wache nach San San und laß die Jungs das Übliche arrangieren: Arzt, Ambulanz, Spurensicherung, du weißt schon ...«

»Ich bin im Urlaub!« protestierte ich.

»Das bist du ständig«, sagte er. »Bitte, tu mir den Gefallen! Und bete für mich.«

»Ich und beten?«

»Daß die mir den Fall nicht übertragen.«

»Was für 'nen Fall?« fragte ich. »Klarer Fall von Selbstmord.«

»Und wenn's der klarste aller klaren Fälle wäre«, sagte Prento düster. »*Doubletrouble* Walker war in jeder Art von Trouble und schuf selbst alle Arten von Trouble. Woiiiii, ich bin arm dran. Warum hab ich mich gestern nicht krank gemeldet? Ich fühlte mich gar nicht gut.«

»Nach deinem Sonntagsausflug an den Winniefred Beach mit Kind und Kegel?«

»Das hat mich vielleicht angekotzt«, sagte Prento. »Ich wär lieber mit dir nach Trelawny gefahren.«

»Nach den Kräutern gucken?«

»Nee, nur so. Mann, hau schon ab«. Er legte den Kopf auf die Knie. Ich fuhr los.

I've got to be free
I want it right here on earth
Got to have some fun
Before my life is done.
JIMMY CLIFF

Das war an einem Dienstag, am 17. September 1991, fünf
Tage nach dem dritten Jahrestag des Hurrikans Gilbert.
Lange hörte ich nichts von dem Fall, obwohl mein Freund
Dean Campbell, genannt Prento, versuchte, mich auf dem
laufenden zu halten. Er hatte Glück gehabt. Man hatte
anderen den Fall übertragen. Besseren. Bessere sind hier
immer die mit dem richtigen Parteibuch. Und weil der
Verblichene einmal ein hohes Tier in der Jamaica Labour
Party gewesen war, hatten sie den Fall einem wirklich ge-
wieften Beamten übertragen, der der PNP angehörte – in der
Hoffnung, er würde reichlich Schlamm und Scheiße finden,
womit man dann die anderen (die doch dem einen so sehr
ähneln) zu bewerfen gedachte.

Meine Sekretärin Donna polierte sich all die Wochen im
Vorzimmer meines Büros in Kingston die Nägel und las
Romance-Bücher, während ich versuchte, mich in Portland
zu erholen. Es ist eines der schönsten Fleckchen Erde, sich
zu erholen. Dafür aber bedarf es einiger Voraussetzungen.
Kenisha gab sich alle Mühe, sie zu zerstören.

Kenisha ist eine schöne Frau, sie hat Glück und Intelligenz.
Da sie einst mehr Schönheit als Intelligenz besaß, war sie mit
sechzehn schon schwanger. Aber da hatte sie Glück. Der
Mann, der sie schwängerte, in Toronto verheiratet, zahlt den
Unterhalt regelmäßig. Per Zahlungsanweisung aus Kanada.
In guten Devisen. Zwei Jahre später, gerade der richtige
Abstand, Gesundheit und Figur nicht zu versauen, gebar sie
wieder ein Kind. Dieses Mal ein Mädchen, und der Baby-
vater, ein Geschäftsmann aus Kingston, schickt ihr regelmä-
ßig Schecks, ständig höhere, der Geldabwertung und Inflation angepaßt, und holt zweimal im Jahr das Kind für einen
Monat zu sich in die Familie. Seine Frau nimmt mit freund-

licher Gelassenheit nicht nur die Seitensprünge, sondern auch die unehelich Geborenen hin; und er stellte die Zahlungen nicht einmal dann ein, als Kenisha ihn freundlich, aber bestimmt darauf hinwies, daß sie nicht mehr mit ihm schlafen könne, weil sie einen neuen Freund habe.

Der war ich, und ich ging – sie war in der Zwischenzeit klüger geworden – mit ihr zum Arzt, der ihr die Spirale entfernte. Etwa zehn Monate darauf wurde sie von einem allerliebsten Jungen entbunden, meinem ersten. Wann immer ich auf dem Lande war, verbrachte ich die Zeit mit ihr; wann immer sie in die Stadt kam, verbrachte sie eine schöne Zeit mit mir: Mein Glück, ihr Glück, unser Glück und das Glück der Kinder schienen perfekt zu sein, bis sie, ja, bis sie sich änderte. Zur Kenntlichkeit. Die Gehirnwäsche, die sie in ihrer Kindheit und Jugend durchlaufen hatte – sie war in einem sehr christlichen, schlimmer noch, anglikanischen Haushalt groß geworden –, kam nun zum Tragen; ihre Sinnlichkeit und die Sinnlosigkeit ihrer Ideologie kamen zum Zusammenstoß, und aus einer bildhübschen schwarzen Frau, der es an nichts fehlte, wurde eine zänkische, berechnend ihre Geschlechtsorgane verweigernde, zur Ehe drängende Bigotte. Von allen Möglichkeiten, dem normalen Wahnsinn zu erliegen, hatte sie jene gewählt, die ich am wenigsten ertragen kann. Ich tat mein Bestes, aber ich war auf der Verliererbahn.

Als wir uns kennen- und liebenlernten, war der Jamaika-Dollar zwar schon heftig abgewertet, aber noch recht stabil; nun, da unser Junge zehn Jahre alt war, gab es dreizehn bei der Bank und fünfzehn bis achtzehn auf dem Schwarzmarkt für einen US. Jeden Tag wurde unser Dollar weiter abgewertet, und so ging es unserer Liebe.

Daß sie immer noch, wie gewöhnlich, »Jeeeesas! Jeeesas!« stöhnte, als wir eng zusammen waren, nahm ich zähneknirschend hin – warum rief sie nicht »Aubrey! Aubrey!« oder meinetwegen »Ruffneck! Ruffffneck!«, lag doch ich auf, unter oder neben ihr, wenn ihr nach Stöhnen und Schreien zumute war, und nicht der langhaarige Freak aus

Palästina mit den Pontonfüßen, auf denen er über (vermutlich völlig verdrecktes) Wasser latschen konnte. Als sie aber kurz darauf wieder einmal ins Badezimmer lief, sich wie verrückt zu duschen und, vor allem, »unten herum« (so sie) zu waschen, derweil ich das Frühstück machte – gedünsteten Callaloo, Toast, Speck und Eier, Kaffee für mich, Kakao für sie und die Kinder – und Rodney, mein Sohn, den Tisch deckte, und sie dann wieder zu quengeln anfing, von wegen, ich hab es nur auf ihre Muschi abgesehen und lege keinen Wert auf ihre Seele – ja wirklich, sie sagte »Seele« mit sehr langem Vokal –, hielt ich es nicht mehr aus. Die Kinder sahen mich schon so komisch an. Im Alter von zehn oder vierzehn blickt ein jamaikanisches Kind durch. Ich stand auf, sagte höflich: »Entschuldigung!«, nahm den Teller mit dem Callaloo und warf ihn an die Wand, direkt neben das Bild von »Jeeesas« mit dem blutenden Herzen und über die Rahmen mit den Kinderfotos. Ich ging ins Schlafzimmer und packte meine Sachen. Im Eßzimmer herzliches – die Kinder – und böses – sie – Schweigen. Ich schwang die Ledertasche über meine Schulter.

»Gehst du wieder zu deinen Kebsweibern!« kreischte sie. Diese Bibelsprache.

»Zu meiner Familie nach Windsor Forest«, sagte ich ruhig. Und ging.

Ich setzte mich in den Wagen, startete ihn, schaltete den Scheibenwischer ein – es war Regenzeit – und fuhr, eine Zigarette nach der anderen rauchend, von Fairy Hill die Nationalstraße in Richtung St. Thomas und Kingston hinunter. Bis mich hinter Black Rock ein brauner Corolla anblinkte. Ich stoppte und setzte zurück.

»Kommst du mit zum Gericht, nach Porty?« rief Prento.

»Wieso?« schrie ich zurück.

»Coroners Inquest in Sachen Walker!« rief er. Der Regen peitschte ihm ins Gesicht.

»Fahren wir mit deinem Wagen, oder soll ich ...?«

»Laß deinen Jeep in Castle, im Hof der Wache. Ich bring dich nachher zurück«, rief mein Freund.

Ach, wie ich ihn heute liebte!

Everyone is cryin' out for peace, yes
None is cryin' out for justice.
I don't want no peace
I want equal rights and justice
I need equal rights and justice –
Got to get it ...
PETER TOSH

Den letzten Respekt vor der englischen Justiz verlor ich in England, als ich – ich war als Idealist dorthin gekommen, und es brauchte schon einige Zeit – erlebte, wie Polizei und Justiz die ersten Nigger Englands, die Iren, behandelten. (Sie sind durch puren Zufall nicht schwarz.)
Und in jeder ehemaligen Kolonie des britischen Empires werden dessen Institutionen zu Karikaturen. Schau dir diese schweren schwarzen Männer in ihren Roben und mit ihren Perücken an, und du weißt, daß wir von Unabhängigkeit noch weit entfernt sind. Aber wie die Messen der katholischen und anglikanischen Kirche, wie die feierliche Parla-mentseröffnung, wie die Stücke der klassischen Dramatiker hat die Eröffnung einer großen Schwurgerichtskammer etwas ungemein Faszinierendes, in den Bann Ziehendes.
Oyez, oyez, oyez! ruft der Gerichtsdiener. Hört, hört, hört! Die Ehrenwerte Örtliche Strafkammer von ... eröffnet die Sitzung unter dem Vorsitz des Ehrenwerten Richters, Herrn ... Der Fall Ihrer Majestät gegen (dann folgt dein Name), Angeklagter, kommt hiermit zur Verhandlung. Jede Person, die hierzu etwas auszusagen hat, möge vortreten und wird angehört werden.
Und wenn wir alle vorträten?
Aber es traten nun, wie fast immer, die anderen vor, die Polizisten und die Ärzte, die Sachverständigen, die Zeugen vom Sagen und Hören und Hörensagen, und unter der bewundernswert professionellen Regie des Coroners wurde jetzt mündlich, mit dem großen Ernst einer Laienspielschar vorgetragen, was im Textbuch der Ermittlungsbehörde vor-

gegeben war. Ich kannte es. Mein Freund Petro hatte mir Einblick verschafft.

Der Titel des Buches, Büttenpapier, Prägung, goldene Lettern, lautete: DER SELBSTMORD. Sein indirekter Autor: der leider viel zu früh von uns gegangene, in einen unerklärlich düsteren Anfall von Wahnsinn getriebene James D. Walker.

Die zahlreich erschienene Öffentlichkeit – sogar in den Gängen vor dem Saal, im Treppenhaus, vor dem Gerichtsgebäude drängten sich die Neugierigen – schreckte nur ab und an aus ihrem respektvollen Dösen auf, wenn einige Juroren und, vor allem, ihr Sprecher unerwartet kesse Fragen stellten, die so absolut nicht zum weihevollen Text passen wollten. Dann zog sich die Jury, eingehend belehrt, zur Beratung zurück, und wir schoben uns aus dem Gebäude in die nahe gelegenen Kneipen, die externen Foyers des Gerichtstheaters, eine Erfrischung zu uns zu nehmen, Rum zumeist, mit Wasser verdünnt, oder Lagerbier.

Und nach der Pause – es fehlten nur noch das dreimalige Ding-dang-dong, das sanfte Erlöschen der Lichter, das lautlose Aufgehen des großen, roten Samtvorhangs – erhielten die offiziellen Geisterschreiber des Textbuches eine Ohrfeige:

Nein, Euer Ehren, kein Selbstmord.

Ja, Euer Ehren, Tod durch unbekannte Hand.

Riesige Aufregung. Die erst abebbte, als nach fassungslos vorgebrachter Frage des Coroners mit klarer Stimme die Möglichkeit eines Unfalls ausgeschlossen wurde.

Ja, Euer Ehren, Foul play.

Prento neben mir seufzte und verdrehte die Augen. Ich lachte im stillen. Wie lautete doch der Spitzname des Herren, um dessen mysteriösen Tod es hier ging? *Doubletrouble.* Er konnte es nicht lassen. Selbst im Grab nicht.

Prento und ich drängten uns durch das laute Gewühl und verschwanden durch den Perlenschnurvorhang unserer Lieblingsbar.

»Na, wie findest du das?« fragte Prento, als der Flachmann

mit weißem Rum, zwei Gläser, Eis, Limonen und eine Flasche Bitter Lemon vor uns standen.

»Phantastisch!« sagte ich und goß uns ein.

»Diese dreckigen *Naygas,* diese verfluchten Landpomeranzen«, schimpfte Prento. »Anstatt die Dinge so zu nehmen, wie sie sind ...«

»Ja, wie sind sie denn?« fragte ich.

»Wie sie sind«, fuhr er fort, »vermischen sie alles mit ihrem Glauben ans Okkulte, an *Obeah* und *Duppies*, mit dem Schmierendenken der Boulevardpresse! Nichts nehmen sie ernst. Die Wissenschaft ist ein Mungoschiß für sie, Evidenz löst sich bei ihnen in Wunschdenken auf ...«

»Nun mach mal halblang.« Ich hatte keine Lust, *seinem* aufgeregten Wunschdenken länger zuzuhören. Zudem machte es mir Spaß, ihn zu verarschen.

»Stopp mal«, sagte ich. Und überlegte in aller Schnelle etwas.

»Er hatte eine Firebird, richtig?«

»Richtig.«

»Spezialausführung, dreizehn Schuß im Magazin. Richtig?«

»Richtig.«

»Okay«, sagte ich und zielte mit Zeige- und Mittelfinger der Rechten auf seine Schläfe. »Pai, pai!« machte ich. »Nee, falsch. Nur pai!«

»He?« sagte Prento.

»Ich schieß dir einen in die Birne«, erklärte ich. »Du fällst um. Ganz aus der Nähe getroffen. Schmauchspuren und alles. Dann leg ich die Knarre in deine Hand, biege deinen Zeigefinger um den Abzug und drücke ab.«

Ich machte eine große Pause.

»Und?«

»Und stecke eine Patronenhülse in die Tasche. Fertig, aus. Klarer Fall von Selbstmord. Prost!«

»Du Schweinekerl!« sagte Prento.

»Möglich oder nicht möglich?«

»Möglich«, gab er zu. »Und das Motiv?«

Ich leerte mein Glas.

»Du bist ein Scherzbold«, sagte ich. »Du weißt wie ich, daß

der Typ mehr Motive lieferte, als Don Gorgon Thompson Haare auf dem Kopf hat.«

»Als da wären?«

»Komm, komm, mach schon«, sagte ich und goß uns noch mal ein. »Du kennst die Akten besser als ich.«

»Hm«, sagte er. »Allerdings.«

»Ich helf dir auf die Sprünge«, sagte ich und zählte ihm einige an den Fingern auf.

»Kein Mann wurde in der Army so schnell befördert wie er. Und dabei war er richtig schwarz!«

»Lange her das. Dann hätte man ihn früher umgelegt, in den Siebzigern.«

»Die Zeit ist länger als alle Stricke«, sagte ich. »Zwo: Als Army und Polizei dies Massaker an den Anhängern der falschen Partei veranstalteten, achtundsiebzig, packte er aus. Als einziger! Und fiel noch einmal die Treppe rauf.«

»Lange her das. Dann hätten sie ihn erst recht früher umgelegt.«

»Und wenn er seine Lebensversicherung, eine eidesstattliche Erklärung mit schriftlichem Beweismaterial, im Safe eines Anwalts deponiert hat?«

»Dann wäre sie noch immer dort und bräche seinem Mörder das Genick«, sagte Prento. Er war sichtlich nachdenklich geworden.

»Es gibt keinen Anwalt, den du nicht kaufen kannst. Weißt ja, wie die Leute einen Lawyer nennen.«

»Liar. Hm.«

»Motiv drei: Er trennte sich von der Armee und schloß sich den Labourites an ...«

»Was bedeuten würde, das PNP-Männer seine Mörder sind.«

»Denen er achtzig«, fuhr ich fort, »im Osten Kingstons einen ihrer sichersten Wahlkreise abnahm.«

»Dann hätten sie ihn Anfang der Achtziger umgelegt.«

»Er heiratet eine Miss Jamaica ...«

»Ja, das nenne ich ein Motiv«, sagte Prento höhnisch.

»Ein mögliches, ja«, sagte ich. »Wissen wir, wem er sie ausgespannt hat?«

»Dann hätten sie ihn kurz vor oder nach der Heirat um-
genietet.«

»Wer?«

»Die Mietkiller des Konkurrenten. Und die wären längst
über alle Berge ...«

»In Miami, New York oder London«, nahm ich seinen
Gedankenfaden auf, »wo sie im Laufe der achtziger Jahre
selbständige Geschäftsleute geworden sind, Drogen dealen
und Außenstände mit der M 16 eintreiben.«

»Und der Auftraggeber hätte natürlich ein bombensicheres
Alibi«, sagte Prento. »Weiter.«

»Dreiundachtzig verläßt er die Partei. Hatte er sich mit
einem Don angelegt? Mit dem Parteichef, dem *Großen
Befreier*? Mit seinen Gunmen? Motive über Motive.«

»Aber er lebte bis einundneunzig«, sagte Prento.

»Vielleicht mit einer anderen Lebensversicherung in einem
anderen Safe?«

»Weiter«, sagte Prento. Er trank aus und bestellte eine neue
Runde.

»Mit seinem guten Ruf, seinem guten Aussehen, seinen
guten Beziehungen gründet er eine Security-Firma, die
bald darauf zur zweitgrößten der Stadt wird. Kein Motiv?«

Prento sah angelegentlich zur Decke empor.

»Er kauft sich ein Haus im schicksten Teil der Stadt und eine
riesige Villa im schönsten und teuersten Teil Portlands. Ein
schwarzer Neureicher. Kein Motiv? Trat er wem auf die
Füße? Kam er wem in die Quere? Erfuhr er etwas über einen
seiner Nachbarn? Etwas zuviel?«

»Vergiß es«, sagte Prento. »Wie wäre es mit einer Runde
Domino?«

»Lenk nicht ab«, sagte ich. »Wir sind noch lange nicht zu
Ende. Da gibt's noch mehr Motive. Motive wie ... Trouble!«

»Und?«

»Und?« äffte ich ihn nach. »Angenommen, er ist ermordet
worden ... Was ihr braucht, ist eine Sonderkommission mit
den fähigsten Bullen der Insel, entweder beiden Parteien
angehörend oder keiner, und dann ein paar Wochen inten-

sivster, penibelster, genauester Recherchen – fertig ist der Lack.«

»Und schon haben wir dem Henker einen Job verschafft, was? Du spinnst, Ruffneck.«

»Du weißt, daß ich nicht spinne.«

»Verjag keine Fliege vom Fell einer Kuh, die einem anderen gehört«, sagte Prento. »Halt dich da raus.«

»Tu ich doch«, sagte ich. »Oder?«

Some girls seh a man who won't duck
He cyaan get de work –
Some people want yuh do it to dem
But dem won't do it to yuh.

LOVINDEER

Ich hatte einen englischen Freund, der im Alter von neun Jahren zum ersten Mal eine Kuh sah. Er war wegen Rachitis aufs Land verschickt worden. Fragt er seinen Kumpel, was das denn sei. Eine Kuh, erwidert der, die gibt die Milch. Ih, sagt mein Freund, bei uns in der Stadt gibt es die Milch in der Flasche. Nun ging es mir ähnlich wie ihm. Ich esse Yams, Coco, Dasheen, Kartoffeln und Süßkartoffeln, Mohrrüben, Kürbis, Tomaten, Chocho, weiße Rübchen, Callaloo, Senf, Indian Cale und was sonst so wächst und gedeiht und mache mir nie klar, welch harte Arbeit es unsere Bauern kostet, das alles anzupflanzen und auf den Markt zu bringen.

Ich richtete mich auf. Der Rücken schmerzte. Die Schultern schmerzten, die Waden, die Oberschenkel und Arme. Die Hände.

»Du bist nichts mehr gewöhnt, Junge«, sagte Uncle Albert. Er grinste mich an, wischte sich über die Stirn und ging hinüber zum Ackeebaum. Ich folgte ihm. Ich war hungrig, durstig, kaputt. Ich ließ mich fallen.

Uncle Albert brauchte nur drei Schläge mit der Machete, eine Jelly zu öffnen. Er reichte sie mir und öffnete zwei weitere. Ich trank das Kokoswasser. Es schmeckte süß, kühl und frisch. Uncle Albert hackte einen löffelförmigen Schnitzer aus der Schale der grünen Nuß und gab ihn mir; ich löffelte damit das Gallert.

»Ruh dich nur aus, Junge«, sagte Uncle Albert, »wir ziehen gleich los. Nachher gibt's Stew Peas.«

Mary, seine Lebensgefährtin, kocht die leckersten Stew Peas, die ich kenne.

»Kaputt?« fragte er. »Junge, wir haben doch nur gejätet.«

»Es reicht«, sagte ich und warf die Reste der Nuß zwischen

die Zierlilien, die vor den Ruinen der Fundamente eines Hauses aus der Sklavenzeit wuchsen.

»Jelly-water ist gut für den Blutdruck, Junge«, sagte Uncle Albert. Er lächelte mich freundlich an. »Aber du scheinst ja gut in Schuß zu sein. Kein Gramm Fett zuviel. Wohnst so lange in der Stadt, hast deine Ausbildung im Ausland beendet, fährst zwei dicke Autos und hast nicht mal einen richtigen Bauch, wie es sich für einen gemachten Mann gehört.« Er fischte wohl nach Komplimenten. Ihm gehören mehr als vierzig Acres, zehn Kühe, dreißig Ziegen, alle seine Kinder haben die Höhere Schule hinter sich gebracht, vier haben studiert, fünf sind nun im Ausland, aber er ist mit seinen siebenundsechzig Jahren noch fit und hager.

»Ein guter Hahn wird nicht fett«, pflegt er Auntie Mary zu necken, die ihm seit fünfzig Jahren seine Liebschaften verzeiht, weil sie vorzeitig Christin geworden ist.

»Er war und ist ein guter Familienvater«, sagt sie immer zu ihren Freundinnen, die sich über ihn die Mäuler zerreißen.

»Komm«, sagte er, »ich bin hungrig.«

Von seinen Feldern bis zu seinem Yard sind es etwa zwei Meilen. Die Brise, die den ganzen Tag vom Meer her geweht hatte, legte sich, es wurde ein wenig schwül. Mir stand der Schweiß auf der Stirn. Ich pflückte einige Blumen am Wegesrand und grub mit der Machete zwei Zedernsetzlinge und drei mir unbekannte schöne Blumen aus. Es wurde schnell dunkel.

»Es wird Zeit, daß du Valerie mal aufsuchst«, sagte Auntie Mary, nachdem wir gegessen hatten.

»Es hat herrlich geschmeckt«, entgegnete ich und polkte Rindfleischpussel zwischen einigen Backenzähnen heraus.

»Hast du gehört, was ich gesagt habe?« fragte Auntie Mary.

»Der Junge hat doch schon Blumen für sie gepflückt«, sagte Uncle Albert.

»Und mach ihr nicht schon wieder 'n Kind«, mahnte Auntie Mary.

»Ach, hör auf«, sagte Uncle Albert. »Er hat doch erst vier Bälger; wer soll denn später für seine Rente aufkommen?«

Valerie hat es schwer genug«, insistierte Auntie Mary. »Dieser Strolch hat auf der Straße von Kingston bis hier alle zehn Meilen eine Freundin.«

»Du übertreibst mal wieder«, protestierte ich.

»Nein«, sagte Auntie Mary. »Bist doch ein großer Mann und hast immer noch keinen eignen Yard mit einer Frau darin, wie es sich gehört.«

»Ein Mann muß sich erst die Hörner abstoßen«, meinte Uncle Albert.

»Wenn das so ist«, sagte Auntie Mary, »hast du deine Hörner bis an die großen Zehen abgestoßen«, und sie knuffte ihn zärtlich.

»Allerdings«, sagte Uncle Albert stolz.

Ich ging die paar Schritte von der rückwärtigen Veranda bis zum Küchenhäuschen und schaute nach dem kleinen Topf. Das Wasser darin brodelte. Ich goß es in einen Krug, rauchte eine Zigarette und seihte dann den Kaffee durch ein kleines Sieb in eine Großvatertasse mit goldenem Henkel und dem Bild eines von Herzen umrahmten schnäbelnden Taubenpärchens. Die Tasse in der Hand, ging ich zurück zur Veranda. Auntie Mary seufzte.

»Ich versteh dich nicht, Junge«, sagte sie. »Daß du dir soviel Zeit läßt. Als Albert so jung war wie du, hat er sich, wenn er vom Feld kam, gerade mal so Gesicht, Hals, Hände und Schritt gewaschen und ist gleich zu mir rübergepest. Nach der ersten Runde mußte ich ihn dann erst einmal füttern.«

Uncle Albert lachte und baute sich einen Spliff.

»Wir waren noch richtige Männer«, sagte er. »Die heutige Jugend ist ja absolut schlapp, verglichen mit uns.«

»Ihr habt gesundes Essen«, sagte ich. »Unsereins stopft sich Fastfood rein und Obst und Gemüse, die mit Düngemitteln und reichlich Wasser künstlich aufgeblasen werden.«

»Um Ausreden warst du nie verlegen«, sagte Uncle Albert. Dann schwiegen wir. Die Grillen zirpten, Zikaden sangen, hinten im Garten ließ sich ein Brüllfrosch vernehmen, Fledermäuse zickzackten lautlos um das Haus, die Brise kam von den Bergen her. Ich trank meinen Kaffee, rauchte noch eine Zigarette und dachte nach.

»Kummer mit Kenisha?« fragte Auntie Mary. Ich antwortete nicht.

»Hat er mit der doch immer«, sagte Uncle Albert. »Die ist zu schön, um gut zu sein. Halt dich an Valerie, Junge, die ist *roots*.«

Roots. Ja. Die bestimmt. Roots, ja, wenn man sich glücklich schätzen kann, den eignen Vater kennengelernt zu haben. Roots, ja, wenn du deinen Stammbaum bis zur Großmutter mütterlicherseits verfolgen kannst. Valerie war *roots*. Bestimmt.

»Kenisha hat ihm den ersten Sohn geboren«, sagte Auntie Mary, »das kannst du nicht so schnell vergessen.«

Tatsache war, daß ich Valerie gegenüber ein schlechtes Gewissen hatte. Sie war die zweite wichtige Frau in meinem Leben und damit die zweitwichtigste. Die Ewige Zweite. Und wir leben hier nicht in Westafrika.

Ich stand auf.

»Und die Zedernschößlinge?« fragte Uncle Albert.

»Pflanz ich ihr morgen«, sagte ich.

»Schön«, sagte Uncle Albert. Er war mit seinem Lieblingsneffen sichtlich hochzufrieden.

»Mach ihr einen Jungen, Junge«, sagte er. Aber diesmal meinte er es nicht so wortwörtlich.

Ich schnappte mir die drei *Scandalbags* mit den Geschenken für Valerie und die Kinder sowie den Blumenstrauß.

Es war friedlich hier auf dem Lande. Wenn dir Leute auf der Straße begegnen, bekannte oder unbekannte, ein jeder, eine jede grüßt dich, auch im tiefsten Dunkel, mit »Okay« oder »Alright« oder »Guten Abend« oder gar »Gute Nacht, Ruffneck«, oder, zärtlicher, das sind dann die alten Frauen: »Walk good, Ruffie!« In Downtown Kingston war wieder Gewalt aufgeflackert. Ein Bulle hatte auf den Hellshire Beaches einen Tanz veranstaltet und die Frechheit besessen, die anwesenden Dons der oppositionellen Labour Party als erste zu begrüßen; war ein Pistolenheld der regierenden National Party auf die Bühne gesprungen, hatte sich das Mikrofon geschnappt und geschrien, der Veranstalter hätte wohl keine Manieren, die PNP müßte an erster Stelle erwähnt werden, die regierte doch jetzt; hatten ein paar Labourites ihre Heinekenflaschen geschüttelt und ihn mit dem Inhalt besprüht; wurde paar Tage später der Sohn eines ihrer wichtigsten Dons – die USA verlangten dessen Auslieferung wegen einiger Morde – vom Motorrad geschossen. Zogen paar Revolverleute in einen von der PNP kontrollierten Stadtteil und nieteten einige zufällig Anwesende um. War doch klar. In der Stadt.

Eine Eule flog lautlos an mir vorbei. Ich erreichte die letzte Straßenlaterne und bog in den Weg zur Rechten ein. Der Mond spendete genügend Licht. Auf Valeries Veranda brannte eine Kerosinlampe.

»Ich habe gewußt, daß du heute abend kommst«, sagte sie, legte das Buch, in dem sie gelesen hatte, auf das Tischchen vor sich und lehnte sich zurück.

»Meine Augen sind mein Markt, und du bist mein Korb«, sagte ich, setzte die Plastiktüte auf ihrem Schoß ab und mich in den Schaukelstuhl. Valerie rührte sich nicht und blickte mich intensiv an.

»Willst du nicht wissen, was ich für dich und die Kinder mitgebracht habe?« fragte ich und zündete mir eine Zigarette an.

Zigaretten beruhigen die Nerven und das schlechte Gewissen.

»Das hat Zeit bis morgen früh«, sagte sie und lachte ihr tiefes Lachen.

Ich fing an zu zittern. Ich kannte dieses Lachen. Ich hatte etwas Angst. Aber nicht zuviel.

Valerie stellte die Tüten unter den Tisch, stand auf, nahm mir die Zigarette aus dem Mund, warf sie fort, knöpfte mein Hemd auf, nahm mich bei der Hand und führte mich ins dunkle Schlafzimmer. Ich hatte noch immer etwas Angst. Und schämte mich. Sie lachte ihr Lachen, schlängelte sich an meinem Körper hinunter und nahm ihn in Hand und Mund. Diese verdammte Landpomeranze hielt sich nicht mit Zärtlichkeit auf, sie ging gleich zur Sache. Es begann mir gutzugehen.

I man born yah
I no leff yah
Fe go ah Canada.
No way, sah
Pot a bwile yah
Belly full yah
Sweet Jamaica.
PLUTO SHERVINGTON

Verdammt noch mal, wer hat dir den Blow-job beigebracht?« fragte ich und gab mich, als sei ich wütend.

»Geht dich nichts an«, sagte Valerie und tat mir Ackee und Stockfisch auf.

»Möse noch mal«, sagte ich, »geht mich nichts an, geht mich nichts an ... Ich hab zwei Kinder mit dir.«

»Und?«

»Was und? Und da gehst du gleich rum und hurst und tust unaussprechliche Sachen ...«

»Die dir ausgezeichnet gefallen haben«, sagte sie. »Das nächste Mal bist du dran. Wenn du mal schlappmachst.«

»Ich esse keine Pussyburger«, sagte ich.

»Wetten, daß?«

Dies Weibsbild war aber auch zu unverschämt, ich mußte lachen.

»Das muß dir ein Ausländer beigebracht haben«, sagte ich. »Stell dir vor, du kriegst Aids.«

»Es gibt Kondome mit Pfefferminzgeschmack«, sagte sie und schüttelte sich vor Lachen.

Die in winzigen Zöpfchen gezwirbelten Haare standen ihr vom Kopf ab wie Antennen. Eine Spott-Medusa!

»Mit was?« fragte ich.

Dabei kannte ich die Dinger. Es gab auch welche mit Whiskygeschmack. Aber doch nicht hier, im Busch, in Windsor Forest!

Noris und Lara erschienen in der Tür. Noris in der Uniform der Titchfield High School, Lara in der der Volksschule von Fair Prospect.

Lara schoß auf mich zu, küßte mich ab und setzte sich mir auf den Schoß.

»Danke für alles, insbesondere für die tollen Schuhe!« sagte sie und streichelte meinen Nacken.

»Ja«, sagte Noris.

Sie war dreizehn und scheuer geworden, seit sie ihre Tage bekam und ihre Haare in den Achselhöhlen und auf der Muschi wuchsen.

»Was ja?« sagte Valerie. »Küß deinen Vater.«

»Ach, laß sie doch, wenn sie nicht will«, sagte ich. »Ich liebe sie auch so.«

Noris wandte sich ab und nestelte an den Schnürsenkeln ihrer neuen Schulschuhe herum. Ihr vier Jahre älterer Halbbruder Robert kam auf die Veranda, die Laschen seiner Sportschuhe offen über dem Spann, die Schnürsenkel in Schockfarben; wie ein US-amerikanischer College-Student trug er die Schulbücher unter dem Arm.

»Na, Alter«, sagte er. »Wie geht's?«

»Gut«, sagte ich.

»Das ist gut.«

»Und dir?«

»Mir geht's nicht schlecht.«

»Aber auch nicht gut?«

»Auch nicht gut.«

»Er hat bestimmt Liebeskummer«, platzte Lara heraus und lachte.

»Pah«, machte Robert.

Er war ein guter Junge. Ganz anders als sein Vater, der, aus Rural Hill stammend, nach einer steilen kriminellen Karriere von Spezialeinheiten der Polizei in der Stadt erschossen worden war.

Kenton, Roberts Halbbruder, ein Jahr jünger und ganz strahlender Sunnyboy, erschien kurz in der Tür. Er winkte mir zu, einen Rucksack in der einen, einen großen Melonenschnitz in der anderen Hand.

»Gleich da«, murmelte er mit vollem Mund.

»Ihr müßt los«, sagte Valerie.

»Ich bring sie runter«, sagte ich.

Von diesem Teil von Windsor Forest bis zur Nationalstraße sind es vier Meilen, und es fuhr kein Bus dorthin.

Lara küßte mich, Noris berührte kurz meinen Handrücken, Robert stellte den rechten Daumen auf.

Ich schaufelte mir den letzten Rest der Ackee in den Mund, wischte den Teller mit Weißbrot ab, trank den Orangensaft aus und stand auf.

»Nun laß mal deinen Vater in Ruhe«, sagte Valerie.

Lara hing immer noch an mir.

»Sie ist eifersüchtig«, sagte ich zu ihr und wies mit dem Daumen auf Valerie.

»Pah«, sagte Lara, »Eifersucht ist doch bloß eine Geisteskrankheit, eine weitverbreitete mentale Störung.«

»Kluges Kind«, lobte ich.

»Zu klug«, sagte Valerie.

»Von den etwa fünfhundertdreißig Mordfällen im vergangenen Jahr waren etwa hundert, also fast zwanzig Prozent, Eifersuchtsgeschichten«, sagte ich.

»Die sind doch alle bekloppt«, stellte Lara fest. Damit war für sie die Diskussion beendet.

»Ich könnte keinen Mann neben mir ertragen«, sagte Robert steif.

»Ich bin der Herr, dein Gott, du sollst …«, sagte Noris. Sie sagt nicht viel, aber wenn sie etwas sagt, macht es Sinn.

»Männer!« sagte Lara.

»Jungs«, korrigierte Noris verächtlich. »Nicht Männer!«

Männer mit großem M! Es war Zeit, mit ihr zu reden, mit ihr zur Klinik zu gehen und sie mit Familienplanungsmethoden vertraut zu machen. Valerie gibt sich, entgegen aller Erfahrung, der Illusion hin, ihre Töchter könnnten als Jungfrauen in die Ehe gehen. Es ist ihr nie in den Sinn gekommen, ihnen könnte das gleiche widerfahren wie Del, der fünften Tochter ihrer Nachbarin, die mit fünfzehn ihr zweites Kind bekam.

»Gehen wir«, sagte ich und gab Robert den Schlüssel.

»Och, du bist …«, sagte er, boxte mir in die Rippen, schloß den Jeep auf und setzte sich hinter das Steuer. Ich glitt auf den Sitz neben ihn, die anderen öffneten die rückwärtige

Tür, kletterten in den Rover, knallten die Tür zu und begannen zu klatschen.

Robert fuhr gut für seine sechzehn Jahre. Dabei ist die Straße sehr schlecht, ein Landrover nicht einfach zu steuern und zu schalten. Ich lehnte mich zurück und schloß die Augen. In Black Rock setzten wir die Kleineren ab, und ich wechselte mit Robert den Sitz: Die Polizei in Castle kannte ihn gut und wußte, daß er zu jung für einen Führerschein war.

Noris las in ihrem Physikbuch, Robert war anzusehen, daß er etwas auf dem Herzen hatte, aber ich sagte nichts. Hinter der Blue Lagoon wurde die Straße besser – in den Hügeln links der Nationalstraße wohnen die Reichsten der Insel; Hinweisschilder an den Straßen zum Goblin Hill, zum Fern Hill und nach San San weisen exotische Häusernamen auf. Ein Großteil der Villen ist nur wenige Wochen im Jahr bewohnt, sie gehören amerikanischen Millionären.

Keine Straßensperre an diesem Freitag. In Drapers nahmen wir einige Gymnasiastinnen auf, die angesichts der katastrophalen öffentlichen Verkehrsmittel versuchten, ihre Schule per Anhalter zu erreichen. Ich fragte sie, wieviel Lunchgeld ihre Mütter ihnen mitgeben. Sie nannten unterschiedliche Summen, keine einzige aber konnte sich ein Mittagessen in der Schule, wo es in der Kantine gekocht wurde, leisten.

Der Parkplatz vor dem eleganten Palace Hotel war wie fast immer leer.

»Ist es wahr, daß dieser Palazzo zum Verkauf ansteht?« fragte ich.

Niemand antwortete.

Wir passierten das Schloß in seiner grandiosen Kitschigkeit, sahen an der Haltestelle der Anchovis Gardens, einer Siedlung des National Housing Trusts mit schuhkartongroßen Häuschen – die nur die Errungenschaft der Moderne, die Kernfamilie, unterbringen konnten –, wieder viele Kinder und Erwachsene, die mit theatralischen Gesten baten, mitgenommen zu werden; und erreichten Fort Antonio. Vor dem Gerichtsgebäude suchte ich einen Parkplatz und ließ meine Mitfahrer hinaus.

»Habt ihr noch ein wenig Zeit?« fragte ich Noris und Robert.

Noris schüttelte den Kopf und schloß sich einer Gruppe gleichaltriger Mädchen an, die zur Titchfield Halbinsel hinaufgingen. Robert nickte. Ich lud ihn auf einen Saft bei Junior, der eine hübsche Bude hinter dem Markt hat, ein.

»Was gibt Valerie dir am Tag?« fragte ich.

»Zehn«, sagte Robert.

»Wenn du versprichst, die Kantine aufzusuchen, kriegst du zwanzig oder fünfundzwanzig pro Tag von mir«, sagte ich.

»Versprech ich nicht«, sagte Robert. Er wirkte mürrisch.

»In Ordnung«, sagte ich. »Bun and cheese, einen Pint Milch, etwas frisches Obst ...«

»Okay«, sagte Robert.

»Sonst noch was?«

»Eigentlich nicht.«

»Du lügst«, sagte ich, »aber wenn du irgendwann meinst, du kannst damit rauskommen, wende dich an mich. Einverstanden?«

»Ja.«

Ich bestellte Guavensaft für uns. Er war köstlich. Roberts Schweigen gefiel mir nicht. Er hatte sichtlich Kummer. Drogenprobleme? Unwahrscheinlich. Auch wenn ich wußte, daß einige üble Ganoven mittlerweile Crack und Kokain an Highschoolers verkauften. Sein Liebeskummer? Möglich. Es würde schon darüber reden. Es hatte sehr lange gedauert, bis er mich akzeptiert hatte. Ich bin Valeries dritter Babyvater und der erste, der präsent ist.

»Ich muß gehen«, sagte Robert.

Wir stießen die geballten Rechten aneinander, und er schlappte mit kleineren Tanzschritten davon.

Ich bezahlte Junior die Drinks und beschloß, in der Polizeihauptwache nach Prento Ausschau zu halten und gegebenenfalls in der Kantine auf ihn zu warten. Aber der Diensthabende sagte, Detective Sergeant Campbell sei in Hope Bay, wo eine größere Anzahl Ziegenböckchen gestohlen worden war.

»Die haben ja ganz recht damit, der Polizei nicht über den

Weg zu trauen«, fügte er finster hinzu. »Wir sollten die Bauern diese Sache auf ihre Weise regeln lassen.«

»Und wie?« fragte ich.

»Na, 'n Treckerreifen um den Hals, die Hände auf den Rücken fesseln, Benzin über den Dieb kippen und 'n Streichholz drauf!«

»Sie haben recht«, sagte ich. »So wird der Dieb wenigstens nicht rückfällig.«

»Allerdings.«

Wir nickten einander zu. Ich ging.

In diesen Jahren der verschärften Wirtschaftskrise nahm der Diebstahl von Gemüse, Obst und Vieh epidemische Ausmaße an. Die Bauern waren dem hilflos ausgeliefert: Wegen der Revolverschlachten zwischen den beiden Parteien waren ihnen die 22er Gewehre und Schrotflinten weggenommen worden. Viehdiebstahl hatte es schon immer gegeben. Damals aber wurden die Diebe mit einer Ladung Schrot im Hintern davongejagt, jetzt dagegen waren sie vielfach organisiert und motorisiert, stahlen in immer größeren Mengen und immer brutaler – Ziegen wurden oft die Bäuche aufgeschlitzt, die Zicklein entfernt, das Fleisch wurde als Bockfleisch verkauft – und kamen in neunundneunzig Prozent der Fälle davon. Mit dem Verkauf von Ziegen aber pflegt die Landbevölkerung die Erziehung der Kinder zu finanzieren. Werden die Tiere geklaut, ist es Essig mit der High-School-Ausbildung.

Aber gleich *Necklaces*, mit denen in den Townships Südafrikas Verräter bestraft werden? Ich war so hilf- und ratlos wie die meisten. Die Rückgabe der Schrotflinten an zuverlässige Bauern erschien mir angebracht.

Ich kaufte auf dem Markt Obst, Gemüse und Fleisch, ließ die Tüten bei einer Higglerin aus Windsor Forest und ging zur *Marina*.

Ich bestellte ein Red Stripe und vertiefte mich in den DAILY GLEANER:

Ein Foto zeigt den sozialdemokratischen Premierminister, wie er einen Schreibtischmörder, den Generalstabschef der US-Armeen, umarmt; innerhalb von drei Monaten ist der Zementpreis dreimal erhöht worden; der für verschriebene Medikamente von 45 auf 150 Dollar gestiegen; die Anwälte der Putschisten in Grenada versuchen erneut, ihren Klienten Freiheit zu verschaffen; in den letzten 60 Jahren verschwanden mehr als 100 jamaikanische Bäche und Flüsse; der Strom wird zwischen 80 und 120 Prozent teurer; das Jamaica Institute of Engineers hat eine weibliche Präsidentin; in einem Leserbrief heißt es, man sehe die Polizei an »wie bösartige Feinde aus dem Weltraum«; im Red Stripe Cricket Turnier greift die jamaikanische Mannschaft auf zwei Oldtimer zurück, Barbados zu schlagen, Modesty Blaisa kämpft wieder um ihr Überleben; Müllberge auf den Hauptstraßen von Montego Bay sind Attraktionen für Touristen; Hersteller von Ketchup kaufen nun auch die Flaschen zurück; die Zunahme von Todesfällen nach Gastroenteristis bei Kindern unter fünf: kein Grund zur Panik; der Generalsekretär der PNP sagt, die Partei sei qietschlebendig und immer noch ihrem Motto verpflichtet, die Menschen an die erste Stelle zu setzen; den Einführungskurs für Mathematik an der Universität der Westindischen Inseln bestehen 40 Prozent der Studenten nicht; für einen US-Dollar gibt es heute, am Freitag, dem 14. Februar, 22,39 Jamaika-Dollar; 1991 war das Jahr der Rekordprofite im Bankwesen.

Die deutsche Inhaberin der *Marina* döste in der Hängematte, Kanadier wuschen eine Katamaranyacht, die See lag still, der Himmel war fast wolkenlos, ich trank mein Bier aus, zahlte und ging. In der Kantine der Polizei übergab man mir eine Nachricht von Prento. Er müsse mich dringend sehen und komme sobald er könne, zu mir raus.

One good thing about music
When it hits you
You feel okay.
So hit me with music
Hit me with music now!
BOB MARLEY

Das *Bamboo Lawn* war brechend voll. *Dr. Wenty & The Crew*
gaben ihrem Publikum Zucker und spielten die neuesten
Dancehall-Hits. Halbwüchsige und junge Männer tanzten
im hinteren Teil des Raumes, Teenager und junge Frauen
standen an den Wänden und bewegten sich im *Bogle*-Stil.
Die Bässe, die aus zwei Meter hohen Boxen drangen, spürte
man im Bauch. Am Tresen im vorderen Teil der Tanzhalle
standen einige ältere Frauen und Männer, Bierflaschen in
Händen, Flachmänner mit Rum und Softdrinks vor sich. Sie
warteten auf ihre Musik und klatschten derweil.
Uncle Albert rümpfte die Nase. Er mochte die Dancehall-
Music nicht. Auntie Mary dagegen bewegte Schultern und
Hüften. Wir tranken Rum und Bitter Lemon, Valerie ein
Shandy. Wir mußten die Musik überschreien und beschlos-
sen deshalb, vor die Tür zu gehen. Ein alter Mann in Schlag-
hosen, spitzen Stiefeln und modischem Hemd, einen Cow-
boyhut mit Gamsbart auf dem Kopf, ein Altsaxophon an
einer Kette um den Hals, winkte uns zu.
»Ich denke, das ist eine Old-Hits-Night«, sagte Uncle
Albert zu ihm.
»Das dachte ich auch«, sagte Mass Osbourne. Er zuckte mit
den Schultern. »Wie die das organisiert haben«, beklagte er
sich, »heute morgen um zehn erst sagten die mir, ich hätte
einen Auftritt mit der Rumbaband.«
»Nirgends ein Plakat«, sagte Auntie Mary.
»Da haben wir ’nen Tanz früher aber anders organisiert«,
meinte Uncle Albert und leerte seinen Plastikbecher. »Kein
Wunder, daß kaum ein paar reifere Jahrgänge hier sind.«
Valerie lehnte sich an mich und erzählte, wie es ihr als
Hausangestellte in Florida ergangen war. In dem Vorort der

Kleinstadt, in der sie gearbeitet hatte, wohnten nur Weiße. Sie war die einzige schwarze Hausangestellte gewesen. Das hatte Probleme geschaffen. Das jüdische Ehepaar, dessen zwei Kinder sie betreute, war zwar traurig darüber gewesen, daß sie ging, hatte aber Verständnis dafür gezeigt. Nun hatte sie Namen und Adressen von Leuten in Neuengland, bei denen sie – illegal natürlich – im Sommer würde arbeiten können.

In einem Parish wie Portland ist sie eine der Ausnahmefrauen: Sie liebt ihre Unabhängigkeit, vor allem die ökonomische.

Wenn du dir eine Frau suchst, pflegte Auntie Mary zu mir zu sagen, geh nach St. Elizabeth. Da arbeiten die Frauen hart.

Dort sind sechstausend allein als selbständige Farmerinnen registriert. St. Elizabeth, im Südwesten der Insel, ist ein trockener Bezirk. In manchem Sommer muß jede einzelne Pflanze von Hand bewässert werden. Von dort kommen sechzig Prozent der für den einheimischen Verbrauch bestimmten Obst- und Gemüsesorten.

»Landpomeranzen« nennen die »faulen Frauen von Portland« dort ihre Geschlechtsgenossinnen, die ihr krauses Haar »natürlich tragen«. Sie ziehen es vor, sich von Männern aushalten zu lassen, ihre Haare chemisch zu behandeln und, wenn möglich, in modische *Jherry Curls* zu legen. Valerie gehört nicht zu dieser Spezies.

Mass Osbourne und seine Band saßen nun an der Wand vor dem Set: Saxophon, E-Gitarre und -baß, Rumbabox, Bambusratsche, Funde-Trommel und Sänger. Sie wirkten deplaziert unter all diesen DJ-Music-Enthusiasten. Der Selector machte seine Ansage und spielte die letzte Platte. Dann begann die Mento-Band mit »Fire, fire!«. Niemand jedoch fühlte sich angefeuert zu tanzen. Zwar war das Publikum näher an die Band herangerückt, aber das Feuer, der Funke, sprang nicht über. Es schien, als hörte niemand die *Roots* der modernen Dancehall-Music in den Kalypsos, Rumbas und Mentomelodien, die folgten. Mass Osbourne machte, Tänzer zu animieren, gekonnte Ausfallschritte und schwang sein

Horn, zwei Mädchen sangen halblaut mit; dann schob Mass Warren sich in den Kreis, eine Schirmmütze auf dem Kopf, das Frotteetaschentuch in der hinteren Hosentasche; er hob das Bein, schwenkte es im Halbkreis , ging in die Hocke; ein ländlicher Preistänzer der fünfziger Jahre, ein Bauer, Ende Sechzig, schoß hoch, shuffelte, kreiste um die eigene Achse, griff sich ein Mädchen, legte ihr den Arm um die Taille. Sie machte sich los. Nur Blossom, die halbverrückte Dorfhure – durchgedreht nach einer Serie Elektroschocks in einer deutschen Klapsmühle, nachdem man sie auf dem Frankfurter Strich aufgegriffen –, gelerntes Go-go-Girl, versuchte, auf Warrens komplizierte Schrittfolgen einzugehen, gab sich Mühe, das Becken im Kalypsorhythmus kreisen zu lassen, shuffelte, wußte, bei den Händen gefaßt, nicht, was tun im Paartanz, wirkte rührend unbeholfen, auch wenn sie Beifall erhielt und freundlich-anzügliche Bemerkungen. Die Band hatte vom Veranstalter kein Mikrofon bekommen, kein Licht, kein Getränk, kein Essen, keinen Vertrag; sie tat ihr Bestes. Doch dies war nicht ihr Publikum.

Wir gingen früh. Enttäuscht. In der festen Absicht, in nicht allzu ferner Zeit eine Old-Hits-Party zu organisieren. Fuhren nach Black Rock und konnten in *Aubrey's Law* den Selector dazu bewegen, einige Ska- und Soulscheiben aufzulegen, was nicht schwer war, befand sich doch das junge Publikum im *Bamboo Lawn*, wo es sich, so Robert am nächsten Tag, »die alte Scheiße reintun mußte«. Wenigstens für eine Weile.

Die Schießereien in Westkingston waren in aller Munde. Zwölf Tote hatte es schon gegeben. Viele fühlten sich an sechsundsiebzig, achtundsiebzig und achtzig erinnert und hatten es satt. Der junge Selector, er trug ein Stirnband wie *Ninjaman*, legte eine Langspielplatte mit alten Songs von Gregory Isaacs auf. Valerie zerrte mich hinter sich her zur dunklen Tanzfläche, wir begaben uns in eine Ecke, tanzten den *Rub-a-dub*, tranken und fühlten uns wohl; manchmal macht es doch Spaß, vertikal zu praktizieren, was horizontal mehr Lust einbringt. Valerie trank selten. Nun war sie beschwipst, und solche Baßboxen hatten wir nicht im Schlafzimmer; ich spürte ihren Schweiß, roch ihn, spürte ihre Hand in meinem Nacken, ihr Schambein an meinem Schenkel, spürte ihre Spannung und deren Auflösung, hörte wieder ihr heiseres, leises Lachen, die Baßlinien krochen das Rückgrat rauf und runter und Gregorys entspannte Stimme machte auch uns entspannter.

Textfetzen, gekonnte Zweideutigkeiten und hübsche Eindeutigkeiten, schwirrten an mir vorbei, und da muß es wohl gewesen sein, daß ich beschloß, sie, so dies für die nächste Zeit planbar war, zur ersten Frau in meinem Leben zu machen. Mit Kenisha würde ich mich aussprechen müssen, gesetzt, sie war überhaupt noch ansprechbar. Wir sind nicht zur Welt gekommen, uns diese zur Hölle zu machen, wie die herrschenden Vertreter der langnasigen, flachärschigen Rasse es tun.

Als wir zum Tresen zurückkamen, standen Uncle Alberts und Auntie Marys Gläser auf dem alten Platz, Bierdeckel darauf, die Barhocker waren leer; als Valerie, die gegangen war, nach ihnen zu sehen, zurückkehrte, schauten ihre beschwipsten Augen noch seliger drein.

»Wie wir«, gickerte sie, »in einer Ecke und nur mit sich beschäftigt. Ejeijei! Mit Händen und Beinen!«

»Ja«, sagte ich, »da ist noch *fire, fire pon de wire.*«

Ich trank aus, ging ins Freie, pinkelte unter dem sternenbedeckten Firmament und mußte auf einmal an meinen alten Freund Prento Campbell und seine formalisierte Ehe denken. Ich konnte mir seine Frau Alicia, eine geborene Burke, nicht in der Ecke einer dunklen, dreckigen Dancehall vorstellen, beim *Rub-a-dub.* Ich zog den Reißverschluß hoch, fuhr mir durch die Haare und seufzte. Ich fühlte mich gut. Als ich durch den Hintereingang wieder in die Bar kam, sah ich Prento neben Valerie am Tresen stehen, er trank ein Bier und unterhielt sich angeregt mit ihr. Sie hob die Augenbrauen und zuckte die Schultern.

»Gute und schlechte Nachrichten«, sagte sie, als ich bei ihnen ankam.

Ich blickte verständnislos von ihr zu ihm.

»Arbeit«, erklärte sie, völlig ernst geworden.

»Die Witwe Walkers hat mich angesprochen, fragte, ob ich eine gute Detektei in der Stadt wüßte«, sagte Prento.

»Und du hast ihr zur besten geraten?« fragte ich.

»Klar. Da ist eine Menge Geld für dich drin. Und etwas für mich: Ich kann dir die Akten besorgen, komplett fotokopiert.«

»Bitte«, sagte ich, »bitte, jetzt quatschen wir nicht über Arbeit. Ich bin im Urlaub.«

»Bist du ja immer«, sagte Prento.

»Du kannst ja«, fügte Valerie hinzu, »das Angenehme mit dem Nützlichen verbinden: in Portland arbeiten.«

> *Until the philosophy which holds*
> *One race superior and another inferior*
> *Is finally and permanently discredited*
> *And abandoned*
> *There will be war.*
> HAILE SELASSIE/BOB MARLEY

Hier ist die Straße bis tief in den Busch hinein asphaltiert, hier gibt es keine Schlaglöcher, hier liegen die Häuser, Villen, tief in den Gärten versteckt, hier gibt es die auf den Mann abgerichteten Dobermänner, Schäferhunde, Rottweiler, Doggen und Bullterrier, hier gibt es Videokameras und versteckten Stacheldraht, Alarmsysteme jeder Art, hier befindet sich gar eine gepflegte Polizeiwache, deren Jeep neuesten Typs von der umliegenden Gemeinde gespendet worden ist, hier gibt es Gärtner und Köche, Butler und Diener, in hübschen Uniformen steckende Jungs auf motorisierten Rasenmähern, den exakt auf sechs Zentimeter gestutzten Rasen, Zweit- und Drittwagen in der Klasse über 2000 Kubikzentimetern. Hier befinden sich die Sommerresidenzen der einundzwanzig Familien, die Jamaika ökonomisch und politisch beherrschen, und die Villen ihrer Vorbilder, amerikanischer Millionäre.

Ich hielt bei der Wache an. Der Polizeijeep, sein Kühler war noch warm, parkte auf der Straße, neben dem Gartentor stand ein Kirschbaum, in der offenen Garage eine Tischtennisplatte. Auf der Veranda saßen ein Mann und eine Frau. Ich blickte hinüber. Sie blickten herüber, und nach drei, vier Minuten kam *Exterminator* auf mich zu, mit nacktem Oberkörper, den 38er Smith & Wesson hinten im Gürtel. Er ist einer der nettesten und fairsten Bullen der Insel. Er hob das Kinn. Ich erzählte ihm von meinem Auftrag. Er lachte in sich hinein.

»Da kannst du reichlich Kohle abstauben«, meinte er. »An dem Fall haben schon ganz andere gearbeitet.«

»Ich weiß.«

»Ich glaub auch, daß da was faul war«, sagte er nach einer Pause.

»Kanntest du *Doubletrouble* Walker?«

»Kennen, kennen, was heißt kennen? Natürlich kennt man seine Kunden hier. Aber das Aufregendste ist schon, wenn einer anruft, weil der Hund des Nachbarn zu laut bellt. Die«, er wies mit dem Kinn in Richtung Hügel, »fahren hier vorbei und grüßen freundlich, im August und zu Weihnachten gibt es ein paar hübsche Aufmerksamkeiten; das ist eigentlich schon alles.«

»Und wenn mal Angestellte klauen oder aufsässig werden?«

»Ist während meiner Zeit hier so gut wie nie passiert.«

Das besagte nicht allzuviel. Junge Polizisten wie *Exterminator* werden alle naselang in andere Wachen versetzt.

»Können wir uns mal abends sprechen? Irgendwo, in einer Kneipe?«

»Du bist hartnäckig, was?«

»Ich habe den Auftrag noch nicht einmal offiziell«, sagte ich.

»Hast du einen Hut dabei?« fragte er und grinste.

»Einen Hut, wozu?«

»Um ihn dir vor den Schritt zu halten, wenn sie dich, wie üblich, am Swimmingpool empfängt.«

»Ich steh nicht so auf *Brownings* mit glattem Haar«, sagte ich.

»Sie ist keine *Browning*, sie ist cremefarben wie Kondensmilch«, sagte er träumerisch.

Er ist schwarz.

»Wo wohnst du, wenn du in der Gegend bist?« fragte er.

»Windsor Forest.«

»Okay, heute oder morgen abend, bei Taylor. In Ordnung?«

»Danke.«

Ich nickte ihm und den beiden auf der Veranda zu und ging zu meinem Jeep. Nun wünschte ich mir, eines der Kinder hätte ihn gewaschen.

Das Hinweisschild zur Villa war schmuck und nicht zu übersehen. *Soul Star*. Sind schon Witzbolde, diese Reichen. Ich bog von der Straße ab und gelangte über einen vorzüglich asphaltierten Weg zum Tor des Anwesens. Eine Videokamera glotzte mich an. Ich drückte die Klingel und glotzte zurück. Unsere Unterhaltung war sehr geistreich. Ein Wachmann in gebügelter Uniform mit makellos weißem Hemd und Schnellfeuergewehr erschien in dem sich lautlos öffnenden Stahltor. Ich gab ihm wortlos meine Karte. Er warf einen Blick darauf, verglich den Namen auf der Karte mit dem auf einem Zettel, den er aus der Brusttasche gezogen hatte, und beugte sich vor, mich abzutasten.

»Schon drei Fehler, Junge«, sagte ich, machte einen Seitwärtsschritt und deutete an, wie ich ihn umlegen könnte.

»Soviel ich weiß, kommen Sie in freundlicher Absicht«, sagte er lahm.

»Jeder kann sich x-beliebige Visitenkarten drucken lassen«, erwiderte ich und ging an ihm vorbei.

Er sprach in sein Walkie-Talkie.

Der makellose Rasen war von Silver Buttons und Rosen gesäumt, die asphaltierte Auffahrt wies den vorgeschriebenen Bogen auf, die mit Naturstein verkleidete Villa stand imponierend da, auf den breiten Stufen zur riesigen Veranda mit Marmorboden wartete der Butler auf mich, ein Uncle Tom, wie er im Buche steht; er wies mit der Linken den Weg und begleitete mich um das Haus herum. Die Veranda auf der Rückseite war noch größer, die Blumenpracht überwältigend, den Rest kannte ich von Hollywood her, und die Witwe empfing mich, wie von *Exterminator* vorausgesagt, am Swimmingpool. Sie trug den knappsten Bikini, den ich je gesehen hatte, und eine riesige Sonnebrille. Auf dem Beistelltisch neben ihr der obligate Drink.

»Mister Fraser, Madam«, sagte der Butler überflüssigerweise.

Die Witwe zog die Brauen hoch und wies auf einen Liegestuhl neben sich.

»Detective Sergeant Campbell sagte mir, die Detektei, für die Sie arbeiten, sei die beste in der Stadt.«

Sie hatte offensichtlich keinen schwarzen Mann erwartet.

Ich griff mir einen Korbstuhl und setzte mich ihr schräg gegenüber.

»Ich bin der beste Mann der Detektei«, sagte ich.

Das ich auch der einzige bin, verschwieg ich. Donna pflegt,

wenn sie von Anrufern nach dem Boß gefragt wird, Kunstpausen zu machen, so, als sei sie sich nicht schlüssig, mit welchem der vielen Chefs sie verbinden solle.

»Könnten Sie Ihre Sonnenbrille absetzen?« fragte ich die Witwe.

»Wie? Warum?«

»Ich möchte Ihnen beim Gespräch in die Augen sehen können.«

»Werden Sie nicht unverschämt«, sagte sie lahm, nahm die Brille aber ab.

Sie war in der Tat eine makellose Schönheit, *Jamaica-white*, also entsetzlich langweilig, also die richtige Frau, eine *Miss Jamaica* und später Fünfte im Wettbewerb um den Titel *Miss World*. Die bei uns so beliebten Miss-dies-und-das-Shows, von der *Miss-Heiliger-Geist-Vorschule* über die *Miss Portland* bis hin zu den *Finals* der *Miss Jamaica* erinnern mich immer an die Landwirtschaftsausstellung in Denbigh, wo die größten und schönsten Bullen prämiert werden; bei letzteren ging es wenigstens um Zuchtzwecke, aber wenn Frauen ...

Ich blickte der Witwe in die Augen und sagte einfach nichts. Sie hatte den Sex-Appeal einer Tiefkühltruhe, nur die Trauer in ihren großen, natürlich schönen Augen verlieh ihr etwas Menschliches.

Nach einiger Zeit stand sie auf und hüllte sich in ein Batiktuch. Meine Taktik hatte sie offensichtlich verwirrt. Sie setzte sich in einen anderen Stuhl. Ich rückte meinen herum, ihr wieder gegenübersitzen zu können.

»Nun?« fragte ich.

»Sie ... Sie wissen Bescheid, worum es ...?«

»Ja.«

»Sie nehmen den Auftrag also an?«

»Weiß ich noch nicht.«

»Wissen Sie noch nicht? Aber warum sind Sie dann ...?«

»Ich bin hier, einige Fragen zu stellen, und habe ich Antworten erhalten, die einen Sinn ergeben, übernehmen wir den Auftrag.«

Ich machte wieder eine Pause.

»Wie ist Ihr Tarif?« fragte sie nach einer Weile.

»Hundert plus Spesen«, sagte ich.

Das lag über den Sätzen von Marlowe und Spade.

»US?« fragte sie überflüssigerweise.

»Was denken Sie denn? Für hundert J kriegen Sie vielleicht einen Bauhilfsarbeiter.«

Sie schluckte.

»Und wie lange werden Ihre Recherchen andauern?«

»Weiß ich's? Soviel mir bekannt ist, haben sich bislang die besten Bullen an dem Fall die Zähne ausgebissen.«

»Beste Bullen!« sagte sie bitter. »Die hatten doch gar kein Interesse daran, den Mord aufzuklären.«

»Sind Sie sicher, daß es sich um Mord handelt?«

»Absolut«, sagte sie. »Nun?«

»Nun was?«

»Wie lange werden Sie brauchen?«

»Drei Tage? Drei Wochen? Drei Monate? Drei Jahre? Wer weiß?«

»Drei Jahre?«

Sie schluckte wieder. Hinter all ihrer glatten Schönheit steckte eine große Portion Unsicherheit. Das machte sie mir sympathischer.

»Aber das würde ja ein Vermögen ...«

»Dreimal dreihundertfünfundsechzig Tage, von diesem Schaltjahr mal abgesehen, minus dreimal vier Wochen Urlaub, minus ein paar gesetzliche Feiertage mal hundert Dollar«, sagte ich. »Ist doch ganz einfach. Sie bezahlen mich, wie Sie Ihren Gärtner bezahlen, nur etwas höher. Das ist alles.«

»Möchten Sie etwas trinken?«

»Rum mit Limonensaft und Bitter Lemon.«

»Weißen oder roten Rum?«

»Rum ist immer weiß«, sagte ich grob. »Roter Rum ist *Appleton*.«.

Sie drückte auf eine Klingel, ich setzte mich bequemer, der Butler erschien, sie gab ihre Orders, und wir waren die Knallchargen in einem drittklassigen Vierziger-Jahre-Hollywood-Film, der in einem exotischen Milieu spielt.

Nachdem der Butler wieder verschwunden war, holte ich

mein Notizbuch aus der Jackentasche und stellte meine Fragen. Sie lieferte eine naive Darstellung der Fakten, die mir schon bekannt waren.

»Ich brauche die Akten von Polizei und Staatsanwaltschaft«, sagte ich.

»Ich habe Akteneinsicht verlangt, und sie wurde mir verweigert«, sagte sie.

»Sie müssen etwas dafür bezahlen. Das ist alles«, erwiderte ich.

»Beamte bestechen?«

»Sagen Sie mal, wo leben Sie eigentlich? Ist das hier vielleicht *Bellevue*?«

Sie sah mich nur wütend an.

»Passen Sie auf«, sagte ich, »ich beschaffe Ihnen den Kontakt, und Sie kaufen die Akten, komplett fotokopiert. In Ordnung?«

»Machen Sie das«, sagte sie schnippisch. »Dafür werden Sie bezahlt.«

»O nein«, sagte ich, »ich könnte dafür leicht meine Lizenz verlieren. Als Angehörige aber haben Sie ein vitales Interesse an der Aufklärung der Hintergründe. Jeder dümmliche Anwalt kann Sie raushauen, wenn es ans Licht kommt, daß Sie die Akten haben. Gehen Sie zu Campbell. Er läßt Sie nicht im Stich.«

»Und das sind wieder ...?«

»Etwa fünfhundert Dollar, US. Billig.«

Geld bereitete ihr keine Kopfschmerzen. Sie hatte es.

»Schicken Sie mir die Sachen morgen abend per Boten«, verlangte ich und trank aus.

Sie schien zu erwarten, daß ich ginge. Aber ich fing erst an. Ich zog die Jacke aus und schob mich tiefer in den Liegestuhl. Sie markierte Fassungslosigkeit.

»Ich nehme den Fall an«, sagte ich. »Tausend Vorschuß. Und nun zu Ihnen.«

»Zu mir?«

Sie zog das Batiktuch dichter an den Hals.

»Was ist Ihr Motiv zu beweisen, daß er ermordet wurde? Warum lassen Sie nicht die Toten den Toten begraben?

Warum wollen Sie schlafende Hunde wecken?«

Sie fing wieder von vorn an. Ich unterbrach sie.

»Hatten Sie ein Motiv, ihn umzubringen?«

Sie erstarrte.

»Ich?«

Ich sah ihr an, daß sie versucht war zu lügen. Sie unterließ es.

»Ich hatte massenhaft Motive«, sagte sie. »Er war das größte Dreckschwein auf Erden.«

»Das hab ich mir gedacht«, sagte ich.

»Was meinen Sie damit?«

»Verdächtigt Sie jemand, den Mord begangen zu haben?«

»Ehemals gute Freunde meiden mich, seit ...«

»Das waren keine Freunde. Vergessen Sie sie, und verkehren Sie mit anständigen Leuten.«

»Ein toller Rat«, sagte sie.

»Wer hat Sie in Verdacht?«

»Zum Beispiel der leitende ermittelnde Beamte«, sagte sie. »Er sprach sogar davon, ich solle ihm eine kleine Yacht kaufen.«

»Dann sei er bereit, alle Recherchen einzustellen und die Selbstmordtheorie zu verfechten?«

»Ja.«

»Und?«

»Ich habe ihm keinen Cent gegeben, noch weniger die Hand.«

»Gut. Aber nun erzählen Sie mir mal in aller Ruhe, was für Untaten Ihr ›Dreckschwein‹ von einem Mustergatten beging.«

Ihre Geschichte war eine einfache Geschichte, banal und traurig. Der konservative *Held der Nation* – so wurde er in der führenden Zeitung des Landes nach seinen Aussagen über das Massaker in den Siebzigern genannt – hatte sich die offiziell schönste Frau Jamaikas – Kenisha ist schöner, aber sie ist schwarz – zugelegt wie seine Villa und den Ferrari, den er neben dem BMW fuhr. Der Honeymoon hatte eine Woche gedauert, dann hatte der Held ihr gezeigt, wie er ihr Befriedigung verschafft hatte – die *Sto-*

nes –, und sich anderen Frauen und Mädchen zugewandt.
Genauer: Jungfrauen.

»Wollen Sie damit sagen«, unterbrach ich sie, »daß Sie als
Miss Jamaica Jungfrau waren?«

»Ich war es bis zur Hochzeitsnacht«, sagte sie stolz.

Ich war platt. Das gab es also auch noch.

»Aber dann fand ich heraus, daß Jungfrauen seine Leiden-
schaft waren, Mädchen von zwölf bis ...«

»Sind Sie sicher?«

»Ich hab daran gedacht, ihn umzubringen. Mit seiner Pistole.«

»Ein paar Jahre später ist er umgekommen. Durch seine
Pistole.

»Richtig«, sagte sie. »Aber da hatte ich nur noch Mitleid
mit ihm.«

»Mitleid.«

»Er muß krank gewesen sein. Er hätte einen Psychiater
gebraucht.«

»Und?«

»Er zwang mich, zum Psychiater zu gehen. Der überwies
mich an einen Psychologen. Der hat im Laufe der Jahre so
viel kassiert, daß man davon ein Zweifamilienhaus hätte
kaufen können.

»Kannten Sie einige der ... Jungfrauen, die dann später
keine mehr waren?«

»Ich bekam hier und da einige zu Gesicht, schwarze und
weiße, Chinesinnen und *Coolies*, hübsche und häßliche. Ach,
es war alles so ekelhaft.«

»Wie hätten Sie ihn umgebracht?«

»Seine Pistole ist ... war eine FN oder Firebird. Dreizehn
Schuß im Magazin. Plus, manchmal, eine im Lauf.«

»Woher wissen Sie das?«

»Er war Waffenfetischist. Er zeigte mir all seine Spielzeuge:
Revolver, automatische Pistolen, Schnellfeuergewehre, Ma-
schienpistolen ... Er brachte mir bei, wie man mit ihnen
umgeht, er ...«

»Kann sein Tod nicht ein Unfall gewesen sein? Sagen wir
mal, so wie beim Russischen Roulett?«

»Er soll seine Knarre an sein Herz gehalten und dann abgedrückt haben? Dafür war er ein viel zu großer Feigling.«

»Der?«

»Er war krankhaft feige«, sagte sie und erzählte einige Beispiele seines Mangels an Mut.

Das Bild wurde immer verwirrender, die möglichen Motive vervielfachten sich, jeder zweite auf der Insel hätte einen Grund gehabt, ihm das Lebenslicht auszupusten. Ich muß gestehen, der Fall begann mich mehr als nur zu interessieren. Interesse, sagte mal ein zweitklassiger Schriftsteller, der es zum Nobelpreis brachte, sei Liebe ohne menschliche Wärme.

Ich stand auf, bat sie um Fotos und darum, mich ihren Angestellten vorzustellen.

»Weshalb?«

»Ich möchte Ihre Haussklaven verhören«, sagte ich.

Sie preßte die Lippen zusammen und führte mich ins Haus. Ihr Gang war der einer mechanischen Puppe, eines Mannequins.

Als sie mir einen Scheck geben wollte, lehnte ich ab. Ich verlangte Cash. Und quittierte die Summe, wie folgt: Für Recherchen im Mordfall J. D. Walker a conto 20 500,— J$ erhalten. Aubrey Fraser, San San, 26. Februar 1992.

Five flights a day to Miami
Don't mean a ting to dis man
As long as man give labour,
Honest work for money.
PLUTO SHERVINGTON

Mit dem Gärtner fing ich an. Die Gärtner sind immer die Mörder. Jedenfalls die der Reichen, hier auf dem *Felsen*. Im vorigen Jahr waren drei oder vier zum Tode verurteilt worden. Vielleicht würde das englische Privy Council in acht, neun Jahren feststellen, daß sie nicht oder nicht gut verteidigt worden waren.

Der Gärtner war schwärzer als ich und hatte vier Gehilfen. Er war Ende Fünfzig, liebte seine Arbeit, wohnte in Drapers und verdiente, wie er sagte, außergewöhnlich gut, 160 Jamaika-Dollar am Tag, 800 die Woche. Brutto. Gingen 2 1/2 Prozent Rentenversicherung ab, 2 Prozent Beitrag für den Wohnungsbaufonds und 2 Prozent Erziehungssteuer. Zwei Wochen Urlaub im Jahr, zwei Wochenlöhne Prämie. Von den grob 43 000 Dollar waren etwa 10 500 Freibetrag, der Rest wurde mit 33 1/3 Prozent besteuert. Blieben etwa 32 000 Jamaika-Dollar oder 1 600 US-Dollar im Jahr.

»Ja, ich verdiene gut. Ich kann nicht klagen. Mister Walker hat mich immer fair behandelt. Kann man nicht anders sagen.«

»Haben Sie Familie?«

»Selbstverständlich. Ich lebe mit meinem Common Law Wife zusammen. Wir haben sieben Kinder miteinander, fünf Jungs, zwei Mädchen.«

»Wie alt? Ich meine, wie alt sind die Mädchen?«

»Neununddreißig und dreiunddreißig, glaube ich. Die eine wohnt in den Staaten, die jüngere arbeitet in Toronto. Ich habe insgesamt neunzehn Enkel.«

Das Motiv, daß Walker eine der Gärtnertöchter defloriert und im Stich gelassen hatte, fiel also weg. Wie mein Interesse an ihm, dem ehrlichen, loyalen Gärtner. Ich bat ihn, seine Gehilfen zu holen, und sah mich im Gewächshaus um.

Orchideen. Zum Protzen. Zum Kotzen. Ich ging ins Freie und setzte mich in den Schatten eines Gummibaumes.

Nach und nach ließ ich die anderen Angestellten kommen und vernahm sie. Es ergab sich stets das gleiche Bild: Mister Walker war ein »guter Boß« gewesen, hatte jeden fair behandelt, auch mal geholfen, wenn Not am Mann oder an der Frau war – hatte aber auch deutlich Distanz gehalten, selbst wenn jemand jahrelang für ihn arbeitete. Es hörte sich an wie die *Anancy*-Geschichten, in denen der *Backra* zu Weihnachten Nahrungsmittel an die Armen verteilt oder ein Kinderfest mit Preisgewinnen organisiert. Diesen kleinen Aufmarsch der Haus- und Gartensklaven zu sehen deprimierte mich, diese Zurschaustellung von Unterwürfigkeit und falschem Bewußtsein.

»Frau X hatte gutes Haar, Sir.« Gut heißt glatt. Schlecht heißt kraus. In mir verdichtete sich das Bild, das *Doubletrouble* Trouble aus dem Weg ging, indem er nur *Quashies* beschäftigte, Leute, die die eigene Farbe verachten und sich selbst hassen, die das, was der Sklavenhalter über sie sagte: »Siehst du ein schwarzes Gesicht, siehst du einen Dieb«, verinnerlicht haben.

Lediglich eines der Küchenmädchen fiel aus dem Rahmen. Zwar schlug auch sie die Augen nieder, wenn sie mit mir sprach, zwar fügte auch sie immer das »Sir« an, wenn es ihr angebracht schien, aber ich spürte in ihr einen Funken Lebendigkeit und Trotz, ja kurzfristig durch äußersten Druck bezähmtes Rebellentum; und so bat ich sie, der ganzen Angelegenheit schon ziemlich leid, sich zu mir zu setzen und einfach zu reden. Sie folgte der Aufforderung, blieb aber auf der Hut. Warum hätte sie mir trauen sollen? Weil ich schwarz bin? Ich arbeitete für ihre Chefin, arbeitete *Babylon* in die Hände, der Polizei, der Staatsanwaltschaft, den Wärtern und Henkern. Ihr Haar war kurz und kraus unter der Bandana, das rotkarierte Dienstbotenkleid mit der weißen Schürze verbarg nur unzulänglich einen schlanken, an den richtigen Stellen wohlgepolsterten Körper. Ich versuchte, mit ihr zu flirten, flachste, machte kleinere Witze, bat sie gar um ein Rendezvous; sie blieb höflich auf Distanz bedacht und lächelte nicht einmal, wenn ich etwas zum Lachen erzählte. Nach einer Weile gab ich mich geschlagen und trug ihr auf, ihre Chefin zu schicken.

»Mrs. Walker, Sah?«

»Ja. Sagen Sie ihr, ich möchte sie noch einmal sprechen. Hier.«

»Ich glaube kaum, Sah, daß sie kommen wird. Es wäre vielleicht besser, Sah, wenn Sie die Herrin im Wohnzimmer aufsuchten.«

»Da ist sie jetzt?«

»Ja, Sah.«

»Und was macht sie dort?«

»Sie trinkt Cocktails und liest Magazine, Sah.«

»Gehen Sie nur, und richten Sie aus, was ich Ihnen gesagt habe, Mary.«

»Ja, Sah.«

Sie stand mühelos und graziös auf, verschmähte den kiesbedeckten Weg und ging, die Hüften schwingend, über den Rasen zur Veranda. In einem leichten Sommerfähnchen und in einer anderen Umgebung wäre sie eine Schönheit gewesen.

Nach einer Weile tauchte Mrs. Walker vor mir auf. Ich bemerkte ihren Schatten, rührte mich aber nicht.

»Setzen Sie sich, Sybil«, sagte ich.

Eine Frau, die sich über Jahre hinweg auf Weisung ihres Mannes in die Behandlung eines Psychologen begibt, ohne diese zu benötigen, gehorcht auch, standeswidrig, einem Detektiv, den sie bezahlt.

»Sie haben mich rufen lassen, Mister Fraser?«

Ihre Stimme klang schnippisch, sie war sich des Arrangements wohl bewußt.

»Setzen Sie sich, Sybil«, wiederholte ich.

Ich stellte ihr eine Reihe von Fragen, folgte ihr anschließend in das riesige Wohnzimmer, trank einen weiteren Rum, erhielt zwei Scandalbags voller Dokumente und Fotos, erinnerte sie an ihren Part, von Prento die Aktenkopien zu erwerben und mir zukommen zu lassen, und verließ den Raum ohne Gruß. In der Vorhalle empfing mich – wie mich das an *The Big Sleep* erinnerte! – der Butler mit seinem perfekten Manieren und jenem Maß an Vertraulichkeit, das sich nur gut ausgebildete Diener leisten können. Nun schien er mir nicht mehr einfach Uncle Tom zu sein. Er trug, wie wir alle, eine Maske. Das nächste Mal würde ich einen Hut auf dem Kopf haben. Nicht, um beim Anblick der Witwe damit die Scham zu bedecken, sondern ihn mir vom Butler beim Empfang abnehmen zu lassen.

»Wie war Ihr Name noch gleich?«

»Forester, Sir, James Forester.«

»Sagen Sie, James, haben Sie Mister Walker einmal mit Mary überrascht?«

Er sah mich ausdruckslos an.

»Mit Miss Simpson, Sir? Nein. Er ließ sich nicht mit Dienstbolzen ein.«

»Wie alt ist sie?«

»Etwa achtzehn, Sir, schätze ich.«

»Zu alt für *Doubletrouble*, was?«

»Wie meinen, Sir?«

»Schon gut. Wiedersehen.«

»Auf Wiedersehen, Sir.«

Er schloß die große Mahagonitür hinter mir.

Ich rauchte noch eine Zigarette mit dem Security Guard an der Pforte, unterhielt mich mit ihm, stellte auch ein paar Fragen, erhielt jedoch vorhersehbare Antworten. Noch ein zufriedener Angestellter. Mit diesen Leuten ist ein Staat zu machen.

I say that light must somewhere
to be found
Instead of concrete jungle,
pollution, confusion.
BOB MARLEY

Donnerstag abend brachte Prento die Akten. Ich überzeugte ihn davon, daß Krankfeiern besser ist, als gesund zu schuften, und heuerte ihn an. Zusammen mit Valerie gingen wir in den nächsten Tagen die Akten durch, erstellten Auszüge und eine Synopse der letzten Tage und Wochen von *Doubletrouble* Walker; Valerie hatte in der Sekundarschule Stenografie und Schreibmaschine gelernt, also war sie es, die schrieb und tippte, während wir alle, Ganjatee half uns dabei, ein Brainstorming veranstalteten.

Wir fügten Fotos und Zeitungsberichte in die Tabellen ein, baten die Redaktion des RECORD, uns die zurückliegenden Zeitungsausgaben zukommen zu lassen, und bedauerten nur, nicht über einen kleinen Computer zu verfügen; er hätte uns geholfen, die Arbeit leichter und übersichtlicher zu gestalten. Prento war vor zwei Jahren abkommandiert worden, einen Grundkurs im Programmieren, überhaupt im Umgang mit dem PC zu machen.

Die erste Auffälligkeit in den Akten waren die Lücken.

Die gesamten Ermittlungen gingen nur in Richtung Selbstmord. Da wir den – als Arbeitsthese – erst einmal ausschlossen, begannen wir neu und legten thematisch und chronologisch geordnete Handakten an. Sie bildeten einen großen Stapel.

»Neunzig Prozent dieser Fragen sind von der Mordkommission nicht gestellt worden«, sagte ich nach drei Stunden. »Die haben vorsätzlich alles unterlassen, was zur Klärung eines immerhin möglichen Mordfalles hätte führen können. Nun verstehe ich die Jury beim Coroners Inquest besser. Und deinen Vorgesetzten überhaupt nicht mehr. Er hat ja nicht einmal ein Zubrot von der Witwe erhalten.«

»Sagt sie«, meinte Valerie lakonisch.

»Ich verstehe es auch nicht so recht«, sagte Prento. »Der ist zwar korrupter als unsere ganze Abteilung zusammen, aber ein verdammt guter Kriminalist. Ich schätze, er hat Anweisungen von oben erhalten.«

»Von wo oben?«

»Ganz oben. Nicht aus der Polizeiführung, sondern aus dem Gordon House oder gar dem Jamaica House.«

»Aber das ist doch hirnrissig«, widersprach ich. »Hör dich doch nur um. Gerade sind die Dons Nummer zwo und drei, andere sagen, Nummer drei und vier, in Tivoli umgebracht worden, die ganze Insel spricht von Vorsatz, von Verschleiern durch die Behörden, von …«

»Von neuem Krieg zwischen den Parteien«, griff Valerie meinen Faden auf. »Seaga wird angegriffen, weil er an der Spitze des Trauerzuges für Jim Browns Sohn marschiert ist …«

»Manley, dieser ehrenwerte Sozi«, sagte Prento, »hat sich seinerzeit auch nicht geschämt, mit seinem ganzen Kabinett an der demonstrativen Trauer für den berüchtigsten PNP-Killer teilzunehmen. Das war so …«

»Lange her, das«, sagte Valerie.

Sie war damals begeisterte PNP-Aktivistin gewesen. Prento dagegen wählt immer, wie seine ganze Familie, JLP.

»Laßt mal diesen alten Zeck beiseite«, sagte ich.

»Das ist kein alter Zeck«, fuhr Valerie mich an. »Du weißt, daß ich seit der letzten Wahl von *Joshua* und seiner Firma die Schnauze voll habe – schau dir den Zustand unseres Landes heute an! Aber was nun in Kingston gespielt wird, erinnert mich verdammt an die Jahre zwischen vierundsiebzig und achtzig.«

»Richtig«, stieg Prento ein. »Und es kann nicht ausgeschlossen werden, daß der Mord an Walker, einem ehemaligen Helden und Supermann der Labourites, der Auftakt einer Serie ist«.

»Begleichen alter Rechnungen?«

»Möglich«, sagte Prento.

»Oder Auftakt einer Serie von Kriegen um die Vormacht-stellung im Kokainhandel?«

»Möglich«, sagte Valerie.

»Vielleicht können wir aber auch unsere schöne Synopse mit den politischen und geschäftlichen Motiven vergessen und die Chose im Privaten ansiedeln«, meinte Prento.

Er neigt zum Pessimismus.

»Vielleicht war es doch Selbstmord?« flachste ich. »Oder ein Unfall?«

»Hör bloß auf«, blaffte er, »ein Blinder hat seinen Stock, wir haben eine Liste mit möglichen Motiven.«

»Und als Täter kommen nur neunhunderttausend der hier lebenden Jamaikaner in Betracht.«

»Witzbolde!« sagte Valerie.

»Du lachst ja gar nicht«, entgegnete ich. »Aber jetzt kriegst du einen Grund zum Weinen: Du knöpfst dir die Witwe und die Hausangestellten noch einmal vor, mit der ›Intuition einer Frau‹.«

»Ich?«

»Du«, sagte ich. »Ab heute stehst du in Lohn und Brot. Die Zeiten, in denen der einsame Detektiv durch den Großstadtdschungel schnürt, sind vorbei. Heute ist Team-arbeit angesagt. Und ich hab es eh satt, daß du dich als schlechtbezahlte Hausangestellte in den USA weit unter Wert verkaufst.«

»Ach«, Valerie lachte, »von daher weht der Wind. Nee, nee, mein Lieber, bis zum Sommer haben wir den Fall geklärt, und ich gehe nach New York oder Connecticut. Und dann jedes zweite Wochenende in die Met oder ins Guggenheim Museum.«

»Oder nach Harlem, blasen lernen«, versetzte ich böse.

»Hä?« machte Prento.

»Saxophon«, sagte Valerie. Sie kicherte. »Als Babyvater und Liebhaber bist du ja ganz erträglich, aber als Boß möchte ich dich auf die Dauer nicht haben. Wieviel?«

»Fünfzig«, sagte ich.

»Dafür muß ich sonst ganz schön stricken«, sagte Valerie.
»Und Kleiderzulage! Ich brauch was anzuziehen, wenn ich der edlen Dame im Nobelbezirk nähertreten will.«

Prento kicherte.

»Das ist tariflich festgelegt«, sagte er. »Ich brauch auch 'ne neue Hose.«

»Okay«, sagte ich.

»Einen Hosenanzug für mich. Rohleinen!« verlangte Valerie.

»Nee, so was ist zu eng«, sagte Prento, ernst geworden. »Wo willst du denn da die Wumme tragen?«

»Wumme? Bist du wahnsinnig geworden!« Valerie sah ihn verständnislos an.

»Ein Schnüffler ohne Wumme ist wie 'ne Hacke ohne Stiel.«

»Ich«, sagte Valerie, »ich helfe euch, den Fall zu klären, indem ich benutze, wovon wir Frauen massenhaft haben und ihr nur Ansätze: Grips.«

»Hör dir das an«, heulte Prento auf. »So 'n Produkt aus Adams Rippe wird kiebig.«

»Kann sein, daß wir mal Adams Rippe waren«, sagte Valerie.

»Heute sind wir jedenfalls das Rückgrat der Gesellschaft.« Sie sah mich an. »Also?«

»Geht klar«, sagte ich. »Wir fahren morgen nach New Kingston, du kriegst deinen Hosenanzug ...«

»Zwei Hosenanzüge«, unterbrach sie, »einen zum Wechseln.«

»Klar, wenn Blutspritzer draufkommen«, flachste Prento.

»Und du«, wandte ich mich an ihn, »machst deine Verbindungen aktiv, Informationen über das Vorleben Walkers zu kriegen.«

»Ich? Allein? Und du, du fauler Sack?«

»Ich setze mich mit Professor Wayne in Verbindung, Genaueres über den neuen Bandenkrieg zu erfahren.«

»Du quasselst mit einem Eierkopf, und wir tun die Arbeit?«

»So ist das eben«, sagte ich. »Der Chef denkt in großen Zusammenhängen, und die Proleten machen die Dreckarbeit.«

Die beiden zeigten mir eregierte Mittelfinger.

»Und bevor du aufbrichst«, sagte ich zu Prento, »versuchst du erst einmal rauszukriegen, warum der Winnifred Beach am Tage der Tat so leer war. *Du* warst es doch, der mich damals darauf aufmerksam gemacht hat.«

»Richtig«, sagte Prento. »Wenn ein Toter gefunden wird oder ein Autounfall passiert ist, kommen wir von der Polizei normalerweise kaum bis zum Tatort durch. Neugierige in Massen. Und Plünderer, Taschendiebe, Leichenräuber ...« Er zog die Brauen zusammen. »Zwischen drei und fünf Stunden lag er da, und du weißt, was er in der Brieftasche hatte.«

»Ganz zu schweigen von dem BMW samt Schlüssel«, sagte ich.

Prento biß auf dem linken Daumennagel herum.

»Das scheint mir nicht zu einem ›privaten Mord‹ zu passen. Du hast völlig recht. Ich kriege das raus, und wenn ich allen Leuten in Fairy Hill Gardens den Arsch aufreißen muß. Wenn – wie in Downtown Kingston – eine Leiche dermaßen einsam herumliegt, waren immer Profis am Ball. Daß ich das vergessen konnte!«

»Nicht vergessen«, widersprach ich, »verdrängt! Dir ist es im September aufgefallen, du hast es mir gesagt, und aus lauter Schiß, daß sie dir den Fall übertragen könnten ...«

»Wenn die Kuh wüßte, wie eng ihre Kehle ist, würde sie nicht versuchen, einen Avokadokern zu schlucken. Ist schon gut, daß Ross den Fall gekriegt hat.«

»Um ihn nicht zu lösen.«

»Das machen wir nun. Privat.«

»Und gut bezahlt«, sagte Valerie.

»Apropos«, sagte ich, »ehe wir morgen losfahren, stelle ich dich der Witwe vor und verlange mehr Knete.«

»Noch mehr?«

»Ich habe zwei freie Mitarbeiter anheuern müssen. Sie kann nicht erwarten, daß ich diese aus der Portokasse bezahle. Außerdem zahlte sie mir zu bereitwillig. Ihr wißt ja, was zu billig ist, kann nichts taugen.«

»Übertreib's nicht«, mahnte Prento. »Wer alles will, verliert alles.«

»Du mit deinen Redensarten!« Valerie lachte. »Ich kenn da eine andere: Wer nichts versucht, erreicht nichts.«

»Geld ist das kleinste der Probleme, die unsere Klientin hat«, sagte ich. »Und wir werden ihr den Täter auf einem Silbertablett servieren.«

»Ein leeres Faß macht den größten Lärm«, meinte Prento. Ich boxte ihn in die Rippe.

Five and four
Whey de one fi mek ten?
Seen?
Come again!
TIGER

Die Witwe murrte etwas, äußerte gar die Vermutung, ich versuchte den »Rip-off« nur, weil sie so hellhäutig sei, willigte aber schnell ein, als ich ihr ruppig erklärte, ich hätte die Mäuse nicht nötig, und den Fall erst recht nicht. Über ihr Funktelefon rief ich im Büro an, stellte Donna unsere Ankunft in Aussicht und beauftragte sie, die wichtigsten GLEANER-Artikel zu den Wahlschlachten 1980 zu besorgen und sowohl Professor Wayne als auch den Anwalt Clarke anzurufen, mit denen ich sobald wie möglich sprechen wollte.

»Reichlich Arbeit, Spatz«, sagte ich und schilderte ihr den Fall.

Im völlig leeren *Shadows* in Port Antonio aßen wir einen üppigen Brunch und tranken vorzügliche Fruitpunches dazu. Dann brachen wir nach Kingston auf. Der Tag war sonnig, auf der Junction Road verkehrten nur wenige Fahrzeuge; ich setzte Valerie an einer der ersten Shopping Plazas in der Constant Spring Road ab und fuhr durch den immer dichter und chaotischer werdenden Verkehr zu meinem Büro Downtown.

Ich fand einen schattigen Parkplatz in der Duke Street, unweit des vierstöckigen Bürogebäudes, in dem mein Schreibtisch steht, gab Shorty, einem älteren Taubstummen, der stets in diesem Kiez herumlungert, ein paar Dollar, beauftragte ihn, auf meinen Landrover aufzupassen und ihn zu waschen, kaufte die Tageszeitung und eine Stange Zigaretten und stieg die vier Treppen zu meinem Office hoch. Noch bevor ich den Schlüssel ins Schloß stecken konnte, ertönte der Summer – es ist mir noch immer ein Rätsel, wie Donna mich am Schritt erkennen kann –, und ich fand meine Sekretärin am Fotokopierer. Sie ist fleißig, verschwiegen, effizient und manchmal, wenn uns die Einsamkeit etwas zu sehr an der Kehle hat, auch eine gute Liebhaberin. Sie trug Strumpfhosen in einem schrillen Pink, einen schwarzen Mini, eine weite, tief ausgeschnittene rosa Seidenbluse, die Haare brikettförmig steil nach oben gekämmt.

Ich küßte sie auf die Schulter und ging in mein Büro. Donna hatte wie immer gut aufgeräumt und gelüftet. Ich lehnte mich aus dem Fenster und sehnte mich angesichts des Gewimmels von Menschen und Autos, des Smogs und Lärms nach Portland zurück. Ich machte ein paar Freiübungen und schloß das Fenster. Ich hatte meinen Platz im Drehstuhl noch gar nicht recht gefunden, als Donna auch schon den Raum betrat, zusammengeheftete Fotokopien auf den leeren Schreibtisch warf und sich in den Kundensessel lümmelte.

»Na, wie war's in der Provinz?« fragte sie.

»So schön, daß es Zeit wird, unsere Firma dorthin zu verlegen.«

»Ohne mich«, sagte sie.

Sie stammt aus dem tiefsten Busch in Trelawny, und keine zehn Raupenschlepper würden sie wieder aus Kingston fortbringen, der »Stadt«, wie wir sagen.

Ich vertiefte das Thema nicht weiter, sondern erklärte ihr in groben Zügen unseren Auftrag. Donna pfiff durch die Zähne.

»Die Firma vergrößert sich. Bald sind wir eine multinationale Gesellschaft, und ich krieg Ihr Vorzimmer im Trump-Tower in den Staaten«, sagte sie und teilte mir dann übergangslos mit, daß Professor Wayne mich um sechs Uhr abends erwarte, Anwalt Clarke ab zehn im Büro anzutreffen sei.

»Der schläft wohl nie«, sagte ich.

»Der ackert wie 'n Pferd, er hat das Dagobert-Duck-Syndrom«, sagte Donna. »Zwölf Rennpferde, achthundert Acres in Portland und Saint Thomas, diverse Firmenbeteiligungen und Sitze in Aufsichtsräten genügen ihm nicht. Werden Sie ihn treffen?«

»Ja«, ich sah auf die Uhr. »Das macht sich gut, beide Verabredungen an einem Abend. Du bist eine Perle!«

»Ich war's schon satt, hier ewig herumzuhängen und nichts

zu tun zu haben. Aber das mit … *Doubletrouble* Walker, das ist ein Hammer. Wenn Sie den Fall klären, sind Sie die Nummer eins in der Karibik.«

»Übertreib nicht«, sagte ich, »die Polizei hat sich nur alle Mühe gegeben, gar nicht zu recherchieren.«

»Der weht der Wind zur Zeit ganz schön ins Gesicht«, sagte Donna. »Westkingston, das war vor ein paar Tagen wie … wie Beirut.«

»Nun übertreibst du schon wieder«, sagte ich, aber dann fiel mir ein, daß sie 1980 noch die Sonntagsschule eines Dorfes besucht hatte, in dem die Kinder schreiend zusammenliefen, wenn sie einmal einen *Whitey* erblickten.

Ich diktierte ihr einige Briefe, beauftragte sie, Unterlagen über Walkers Aktivitäten in den frühen Achtzigern und in der Armee zu besorgen, ging ins Badezimmer und duschte mich.

Ich schlüpfte gerade in ein neues weißes Hemd, als es klingelte. Ich hörte den Summer, leise Stimmen aus dem Vorzimmer, hörte zwei Frauen lachen, und dann kam schon der neueste Hit von *Tiger* aus der Stereoanlage. Als ich die Tür öffnete, sah ich, wie Donna Valerie einige Varianten des *Bogle*–Tanzes vorführte.

»Sind wir hier in der Dancehall?« rief ich.

Aber da zerrten sie mich auch schon in den Raum, und ich mußte die gleichen bekloppten Verrenkungen machen.

»Der wird von der Polizei als mutmaßlicher Mörder von Jim Browns Sohn gesucht, und die ganze Insel macht seinen Tanzstil nach«, sagte ich atemlos. »Das ist ja fast wie Rhygin in *The harder they come*.«

Auf Jamaika laufen immer irgendwelche Filme ab, und es ist stets schwer zu unterscheiden, ob im Kino oder auf den Straßen, im Wohnzimmervideo oder im Getto.

Donna goß uns zur Begrüßung einen tiefgekühlten *Wahlkämpfer* ein: jeweils einen doppelten Rum – weiß sind die Konservativen; ein Teil Campari – rot sind die Kommunisten; und viel Orangensaft – orange sind die Sozis; einen Schuß Angostura, ein paar Spritzer Limonensaft, viel gestoßenes Eis. Und runter damit!

Mehr Sinn, sagt Donna immer, machten Politiker und Wahlen hier nicht. So unrecht scheint sie mir nicht zu haben: Im dreißigsten Jahr der Unabhängigkeit haben wir die höchste Pro-Kopf-Verschuldung der Welt. Jedes analphabetische *Bush-Baby* weiß mit seinem und dem ihm anvertrauten Geld besser umzugehen als unsere Parlamentarier und Minister. Da es in Portland zwischen Weihnachten und Ostern schwer ist, Schweinefleisch zu bekommen, lud ich die Frauen zum Essen ins *Devonshire* ein – Valerie liebt, wie Kenisha, die Pracht alter Herrenhäuser – und freute mich auf eine doppelte Portion Kotelett.

Mein alter Landrover sah aus wie neu, so sehr hatte Shorty ihn gewaschen und gewienert. Er saß, das Kinn auf den Knien, den Wassereimer mit Lederlappen vor sich, unweit des Wagens in einem Bankeingang und schlief.

Wir fuhren zur Waterloo Road, bestellten unser Essen, tranken einige Aperitifs, zum Schweinebraten Bier, orderten zum Nachtisch Blue Mountain Kaffee mit rotem Rum und braunem Zucker, erfuhren von Donna Hintergründe zum Tod von Jim Brown und Jah T. – das neueste, wahrscheinlich zutreffende Gerücht wollte wissen, daß es in der Tat um die Kontrolle einer »sehr großen Lieferung Kokain für den US-Markt« gegangen war –, dann setzten wir Donna in ein Taxi und machten uns auf den Weg zur Oberstadt, nach Stony Hill, wo Professor Wayne sein Anwesen hat. In der Rushhour auf der Constant Spring Road zähfließender Verkehr, Lärm, alle naselang Flüche, Staub, Gestank. Die Bosse und höheren Angestellten zog es in ihre Heime an den Hügeln oberhalb der Stadt, die Arbeiter, Schüler und Angestellten kämpften um ihre Sitz- und Stehplätze in den wie Sardinendosen vollgepackten Mini- und Überlandbussen.

Professor Wayne wohnte in einer jener Nachbarschaften, die man nur über eine einzige, halbmondförmige Zugangsstraße mit Schlagbaum samt Wachhäuschen erreichen kann, nachdem Person und Fahrzeug gefilzt worden sind. Die hiesigen Wachmänner trugen die makellose Uniform der Firma *Safe & Sound,* und sie sahen nicht aus wie die schnell angeheuerten Milchbübchen, die es zu Hunderten in die größte Wachstumsbranche der USA und Jamaikas drängt. Diese Männer hatten harte Gesichter, sie waren um die Vierzig und zweifellos militärisch trainiert. Sie hielten ihre M 16 lässig, aber nicht nachlässig, und sie versahen ihren Job höflich und präzise. Meine in einem geschweißten Geheimfach unter dem Armaturenbrett befindliche Pistole aber fanden sie nicht.

Der Schlagbaum hob sich, wir nickten den Wachmännern zu, fuhren die Straße hoch, an Villen und Anwesen vorbei, die auch in Los Angeles hätten stehen können, so gepflegt US-amerikanisch wirkten sie, suchten nach der Hausnummer und kamen vor einem doppelt bewachten Stahltor zum Stehen. Im selben Augenblick ging eine Pforte auf.

Hier wurde noch gründlicher gefilzt als an der Straßensperre. Ich dachte kurz, die Prozedur könnte von größerer Sicherheit sein, wenn man die Eintretenden völlig auszöge und dann mit einem Krankenhausnachthemd versähe. In Zeiten wie diesen sind die Reichen wirklich arm dran: Sie müssen ihre Zeit in Luxusgefängnissen zubringen.

Tall the children that Sparrow says:
Don't take coke, don't you smoke,
don't take dope.
Learn to tell them in the party:
No morphine, no cocaine, no amphetamine!
THE MIGHTY SPARROW

Professor Doktor Horatius James Wayne gilt als der beste
Politologe und Soziologe der Karibik. Aus ärmsten Verhältnissen stammend, errang er durch extreme Begabung und
enormen Fleiß alle Stipendien, die ein Schüler und Student
im Bereich des Commonwealth bekommen kann. In den
Siebzigern war er einer der führenden Köpfe der Black-
Consciousness-Bewegung, vertrat einen militanten Antiim-
perialismus und begrüßte die Zusammenarbeit der jamai-
kanischen Sozialdemokraten mit den Vertretern der Revolution im »Hinterhof der USA«, Castro, Ortega und Maurice
Bishop. Was Manley, Duncan und Männer wie er vergaßen,
war die simple Tatsache, daß die PNP durch eine Wahl im
Westminster-Stil an die Macht gekommen war, also zutiefst
unfair, und daß Voluntarismus nichts gegen die führenden
Eliten der Insel und ihre Hintermänner, die Männer im
Weißen Haus, in Pentagon und Wallstreet, ausrichten kann.
Dabei hatte Bob Marley es ihnen klargemacht: »It takes a
revolution to have a solution.«
Dieser Vergangenheit schämten sich Männer wie Wayne
nicht, sie verdrängten sie schlicht – und vertraten nun die
rücksichtslose Durchsetzung des »Freien Marktes«, was auf
unserer Insel lediglich zur Verelendung der Massen, zum
Ruin des Mittelstandes und zur Ausrottung der Manufak-
turen führen konnte. Die harte Kur durch eine beinharte
Austerity-Politik verbunden mit der Abschöpfung der Kauf-
kraft durch die galoppierende Inflation führten in ihren
Augen zum *Survival of the fittest*. Aber die Fittesten sind eben
die seit Jahrhunderten indirekt und direkt herrschenden
einundzwanzig Familien geblieben, die ihren Brain-Trust
finanzieren und ihm einen gewissen Wohlstand zuschanzen.

Es gibt nur noch wenige freie Intellektuelle im Lande. Statt ihrer gibt es die Klasse der Miethirne.

Wayne empfing uns auf der Veranda. Er breitete die Arme aus und umarmte erst mich, dann Valerie – wohl wissend, daß ich ihn seit Jahren nicht ausstehen kann.

Er gratulierte mir zu Valerie; machte ihr Komplimente wegen ihres guten Geschmacks: zunächst dazu, mich zum Partner genommen zu haben, dann zum Hosenanzug, zu den Pumps und der zum Anzug passende Bandana, etwa in der Reihenfolge, wies uns bequeme Korbstühle an, servierte Drinks und ließ sich schließlich in den großen, dem persischen Pfauenthron nachempfundenen Sessel fallen, wo er zunächst eine teure Pfeife anzündete.

So inszeniert er sich immer. Er ist brilliant und eitel, und er verträgt keinen Widerspruch. Den er von mir erwartet. Um ihn mit Hilfe von Statistiken, Formeln und pseudowissenschaftlichen Exkursen zu widerlegen, dabei überlegen lächelnd.

Diese Chance aber wollte ich ihm an jenem Abend nicht geben. Ich kam als Lernender, nicht als Diskussionssandsack. Zumindest tat ich so. Und hatte ihn nach einer Viertelstunde dort, wo ich ihn haben wollte. Er sollte die Fakten präsentieren; die Schlüsse, die er zog, konnte ich vernachlässigen.

»Das Bandenphänomen finden wir überall in der Welt. Wo immer es sie gibt, stellen die Banden ein alternatives Machtsystem dar. Es beruht auf schierer Gewalt. Die Gesellschaft wird durch Gewalt eingeschüchtert, Reichtum durch Gewalt akkumuliert ...«

»Wie zu Henry Morgans Zeiten?« fragte Valerie.

»Wie in der Übergangsphase vom Merkantilismus zum Frühkapitalismus«, bestätigte Wayne. »Die in ihren Vierteln dominierenden Banden bilden für ambitionierte und aggressive Jugendliche einen alternativen Zugang zu Macht und Geld, wo immer im größeren Rahmen Recht und Gesetz zusammengebrochen, die Familien- und Clanbande zerrüttet sind, wo Armut regiert, der Zugang zu Ausbildung und Erziehung versperrt ist und wo sogenannte Intellektuelle den Pöbel darin bestärken, Vernachlässigung und Armut der Gesellschaft anzulasten, statt die Fehler bei sich selbst zu suchen ...«

Wayne sah mich herausfordernd an, aber ich hütete mich, ihm die Einwände, die mir auf der Zunge brannten, zu liefern. So wandte er sich wieder ab, sog an der Pfeife und hob das Kinn, den Blick auf den nun dunkler werdenden Himmel gerichtet.

»Straßen- und Gettobanden hatten wir schon in den fünfziger und sechziger Jahren, manchmal berüchtigt, öfter beliebt. Denken Sie an Rhygin, den legendären Pistolenmann, dessen Leben die Grundlage für *The hard er they come* bildete. Ursprünglich handelte es sich um Kleinkriminelle, die bestimmte Territorien für sich in Anspruch nahmen und kontrollierten. Als solche wurden sie in den siebziger Jahren von den Parteien entdeckt und instrumentalisiert, das heißt zu bewaffneten Armen der Parteiführungen gemacht.«

»Seaga dürfte der erste gewesen sein, der in seinem Wahlkreis Sturmtruppen aufstellte, zum Terrorisieren der Abweichler gebrauchte und in andere Wahlkreise eindrang, Wähler zu bedrohen, Urnen zu klauen und gar Tote wählen zu lassen«, sagte Valerie sachlich.

Professor Wayne sah sie nur kurz an und erwiderte nichts. Er zog es vor fortzufahren.

»Über die Schlachten zwischen den nun mit großer Feuerkraft ausgerüsteten und mit Kokain heißer und skrupelloser gemachten Gunmen der Parteien zwischen vierundsiebzig und einundachtzig brauch ich hier nichts zu sagen. Ich setze sie als bekannt voraus. Im Verlauf der achtziger Jahre blieben die Banden zwar ihrer jeweiligen Partei treu, koppelten sich aber nach und nach von den politischen Zielen ab. Nach dem Tod der legendärsten Dons auf beiden Seiten des Zauns, Burry *Boy* Black und George *Feathermop* Spence auf Seiten der PNP, Claude Massop und andere auf Seiten der JLP, drängten jüngere, rücksichtslosere und unpolitischere Bandenführer nach, kontrollierten zunächst den Ganja-Handel in der Stadt und den Export in die Vereinigten Staaten und sind nun die Ansprechpartner kolumbianischer Drogenbarone als Zwischenhändler für den Export von Kokain und Crack in die USA. Von den eigentlich großen Dons ist, soviel ich weiß, nur noch Tony Welsh am Leben. Er hat sich zurückgezogen und genießt die Früchte seiner Gewalt, seinen Reichtum. Als klar wurde, daß Spezialeinheiten von Polizei und Armee, Todesschwadronen gleich, allzu ambitionierte und gefährliche Bandenmitglieder gnadenlos niedermachten – übrigens die einzige Weise, mit dem Problem fertig zu werden –, wanderten viele der mit Haftbefehl Gesuchten aus, mit einwandfrei gefälschten Geburtsurkunden und Pässen versehen, und bildeten in den Staaten die berüchtigten *Posses*, in Großbritannien die *Yardies*. Durch ihre beispiellose Gewaltbereitschaft verdrängten sie in einigen Großstädten andere, ebenfalls ethnisch fundierte Gangs ...

»Italiener und Iren, zum Beispiel«, sagte Valerie.

»Richtig«, erwiderte Wayne. »Und kontrollieren, in enger Zusammenarbeit mit ihren alten Spezis hier, sowohl mit den Banden als auch mit bestimmten Personen in den höheren Rängen von Polizei und Zoll, den reibungslosen Transport von Marihuana und Kokain von, sagen wir mal, den Morant Keys bis Toronto. Durch das Drogenausrottungsprogramm der Washingtoner und, auf deren Druck, der Regierung in Kingston werden Anbau und Ausfuhr von Ganja immer mehr erschwert. So liegt das Hauptaugenmerk des Geschäfts heute beim Kokain. Dies wirft höhere Profite ab und ist weniger schwer zu transportieren – Marihuana müssen Sie ja schon containerweise verschiffen, an etwas Klimpergeld heranzukommen, während Sie die südamerikanische Droge bequem in Kilobehältern, Kannen oder Büchsen über die Grenze bringen können. Ja, Schwangere, Krüppel und harmlose Omas können den Stoff unter der Kleidung, im Magen, in Vagina und Anus schmuggeln ...«

Professor Wayne lachte, sah mich verschwörerisch an und beugte sich vor.

»Apropos«, sagte er. »Möchten Sie eine Reihe ziehen?«

»Nicht vor dem Supper«, sagte ich.

Er kniff die Augen zusammen.

Valerie spürte wohl, wie er sich verspannte, und sagte schnell: »Wir nehmen das Zeugs nur als Aphrodisiakum.« Das war vermutlich blind geraten, aber Wayne ließ die Schultern wieder fallen.

»Auf Dauer«, warnte er, »macht der Stoff Ihr Sexualleben eher kaputt, als daß er es beflügelt.«

»Sprechen Sie aus Erfahrung?« konnte ich mir nicht verkneifen zu fragen.

»Ach, mein Bester«, er lachte und stand auf, »über Mangel an Libido kann ich nicht klagen.«

Er taxierte Valerie von oben bis unten. Dann ging er durch die weitoffenen Glasschiebetüren – dahinter befanden sich kunstvoll geschmiedete Gitter aus Spezialstahl – in das Wohnzimmer, wobei ein Sensor, als er eintrat, mehrere Strahler einschaltete.

»Du solltest nicht …«, fing Valerie an, aber ich legte den Zeigefinger vor den Mund und deutete dann auf meine Ohren. »Du solltest nicht soviel trinken heut abend.« Sie kapierte wirklich schnell. »Es ist hochinteressant, was der Herr Professor uns beibringt.« Sie zwinkerte.

Wayne kehrte mit einer Eisschale, zwei Flaschen Bitter Lemon und einem Umschlag in Händen zurück.

»Bedienen Sie sich«, sagte er, beugte sich vor, stellte Schale und Flaschen auf den Beistelltisch aus Mahagoni, öffnete den Umschlag vorsichtig und setzte sich in seinen Thron.

Ich mischte neue Drinks für Valerie und mich; der Professor legte eine Reihe auf einem Taschenspiegel und schnupfte.

»Ah«, machte er. »Manchmal braucht man doch ein wenig Abstand zum akademischen Leben.«

Er war völlig ernst. Machte eine große Pause, stopfte eine zweite Pfeife und lehnte sich, sie in Brand setzend, bequem zurück.

»Wo waren wir stehengeblieben?« fragte er.

»Bei der Verwandlung von Gunmen in mächtige Geschäftsleute«, gab Valerie ihm das Stichwort.

»Richtig. Aber das heißt nicht, daß sie ihre politischen Loyalitäten aufgaben. Beim geringsten Anlaß – wir erleben es ja zur Zeit in Westkingston – sind sie fähig, willens und in der Lage, die alten Stammeskriege, den Krieg zwischen JLP und PNP, wiederaufzunehmen. Aber die Hauptmotive sind und bleiben in dieser Phase die Akkumulation von Geld und Macht durch Drogen, der Ausbau ihrer Machtbasis in der jeweiligen Gemeinde – den Hochburgen der Parteien, wo bei Wahlen zwischen fünfundsiebzig und hundertunddrei Prozent der Stimmen für *ihre* Partei abgegeben werden – und der ständige Kampf in der Hackordnung der Dons. In dieser Phase verfügt der Don über den Respekt der Menschen in seinem Einflußbereich, über Respektabilität. Er ist quasi legalisiert. Er investiert auch in anderen Branchen, zumeist im Bauwesen. Die jeweiligen Aufträge inklusive Schmiergeld werden zwischen geld- und machtgeilen Politikern und ihren respektabel gewordenen Partnern in der Unterwelt – die ja hier ganz oben ist – ausgekungelt. Der Don ist jetzt kein Homunkulus der Parteimächtigen mehr – etwa der Parlamentarier und Minister –, sondern selbständiger Unternehmer, der in der Lage ist, die von ihm Abhängigen besser zu schützen. als die Polizei dies tun könnte. Der Feind des Dons ist der unabhängige Kleinkriminelle, der die armen Leute in der Hochburg des Dons bestiehlt. Er wird hingerichtet. Der Don wird so Vorbild und Volksheld – von seinen Profiten verteilt er im Stil von Robin Hood gewisse Gelder an der Basis. Wo die Dons regieren, hört der Einfluß der Polizei auf.«

»Das sieht man ja jetzt«, sagte Valerie, »wo es dieser trotz Erklärung des Ausnahmezustandes in bestimmten Bezirken Kingstons nicht gelingt, bei all ihren Razzien auch nur einige hochkalibrige Waffen zu finden.«

Wayne strahlte sie an.

»Fraser«, sagte er, »Sie haben sich da ein schlaues Köpfchen geangelt.«

Schlaue Köpfchen sind die, die seine Meinung teilen und untermauern.

»Und jetzt nach Polizei und dem Kirchenrat zu schreien, sie sollen die Schießereien in der Stadt beenden helfen, ist Unsinn und überflüssig«, fuhr er fort. »Wir haben es quasi mit einer Nebenregierung, mit einer pervertierten Form von«, er blickte mich spöttisch an, »Doppelmacht zu tun. Die Dons sind nicht mehr Mietlinge der Politiker, sondern verfügen in ihren Hochburgen zumeist über mehr Macht und Einfluß als diese und ihre staatlichen Apparate. Dons sterben heute nur noch in internen Auseinandersetzungen, wenn ihre *Rankins*, die Leutnants, aufsteigen wollen und dafür ihre Vorgesetzten umbringen müssen. Die bewaffneten Arme der Politik, Armee und Polizei, hatten seinerzeit den Fehler begangen, die mächtigsten Revolvermänner der Parteien zu eliminieren, und nun ist kein natürliches, ich sage mal, Genie, kein Don vom Kaliber eines Claudie Massop oder General Starkie vorhanden, den blutrünstigen, machtbesessenen, keine Skrupel kennenden Aufsteigern Einhalt zu gebieten. Da hilft kein Ausnahmezustand, kein Ausgehverbot zu bestimmten Stunden in bestimmten Bezirken. Die haben sich von der offiziellen Struktur abgekoppelt. So erleben wir zur Zeit eine Situation, die in der Tat an den Libanon, an Beirut, erinnert.«

»Ohne aber Mächte wie Israel oder Syrien zu haben, die einmarschieren könnten und, in gewissen Grenzen, den Krieg zwischen den Fraktionen beenden oder zumindest eindämmen.«

»Ja, Fraser«, sagte Professor Wayne. »Genau so ist das.« Er schwieg. In seinem Gehirn schienen nun Kettenreaktionen abzugehen, die in anderen Sphären spielten.

»Und Walker?« fragte ich, zum Anlaß unseres Besuchs kommend.

»Walker!« Wayne strahlte. »Einer der ganz großen Auf- und Umsteiger«, sagte er begeistert. »Er war einer der wenigen, die eine ganze Armee, nein, sagen wir mal, eine Kompanie zurück ins Gesetz, in die Gesellschaft geführt haben. Seine Truppe von Ostkingston hat er nahezu komplett in seine Firma eingebracht. Allesamt respektierte, hart arbeitende, gut verdienende, ausgezeichnet ausgebildete Männer vom harten Schlag – er hat sie mit einem Federstrich auf unsere Seite des Zaunes gebracht.«

»Die Männer an ihrem Tor?«

Die Frage hätte ich mir sparen können.

»Vorbildliche Leute«, sagte Wayne. »Mit denen als Wachmännern schlafe ich wie in den Armen des Propheten. Seaga und Manley haben die Chance verpaßt, ehemalige Strolche und Pistolenschwinger in die Legalität zu überführen. Gib diesen verzweifelten, armutsgerittenen Jungs aus dem Getto die Chance, gib ihnen drei Mahlzeiten am Tag, eine Uniform, Knüppel, Pistole und Schnellfeuergewehr, und sie lassen sich für dich in die Luft sprengen. Walker hat dies als einziger geschafft. Und ein Vermögen verdient. Seine Jungs sind die bestverdienenden Security Guards der Insel. Kein Wunder, daß sie zuverlässig und loyal sind! Und sein Tod«, er wandte sich direkt an mich, »kommt mir ein wenig seltsam vor. Sie sind der richtige Mann für diesen Fall.«

»Auf wen tippen Sie?« fragte ich.

»Ich kann es nicht beschwören«, sagte er vorsichtig. »Aber ich tippe auf seine Witwe als Mörderin oder Anstifterin zum Mord. Die Frau ist eiskalt, berechnend und im Innersten hart wie Stahl. Der traue ich alles zu.«

»Sie meinen also, sie hat das größte Interesse an seinem Tod gehabt?«

»In Ihrer Branche, Fraser, müssen Sie – wie die Polizei – immer die *Cui-bono?*- Frage stellen. Zweifellos ist Sybil die größte Nutznießerin von Walkers Tod. Recherchieren Sie mal in dieser Richtung. Und knöpfen Sie sich Walkers rechte Hände vor, Castor und Pollux, Ray *Shotgun* Smith und Carl *Blizzard* Blake.«

Er machte eine lange Pause. Wir leerten unsere Gläser.

»Sehen Sie«, sagte er, »ein Mann wie Walker darf nicht leichtsinnig werden, der muß seinen Laden in jedem Augenblick unter Kontrolle haben.«

»Sie meinen, die Jagd auf unsere letzten Jungfrauen hat ihn ein wenig nachlässig werden lassen?« fragte ich direkt.

Wayne stülpte die Unterlippe vor.

»Das wissen Sie also auch? Von der Witwe natürlich.« Er wartete keine Antwort ab. »Lassen Sie sich nicht in Sackgassen leiten«, sagte er. »Der Mann hat zwar seine Macken gehabt, aber er hat viel geleistet. Für sich, seine Frau, seine Truppe, für die Gesellschaft. Ich wünschte, es gäbe mehr

Männer seines Schlages, die in der Lage sind, gewisse Deter-
minanten der Gettokultur dermaßen außer Kraft zu setzen.«

»Also am besten Bogle, den meistgesuchten PNP-Revol-
vermann, und seinen Kollegen von der JLP, ebenfalls auf der
Flucht, Buster *Fitsy* McLean, beide massenhaft Mord, Tot-
schlag, Vergewaltigung auf dem Gewissen – so sie eines
besitzen –, zum Stabschef der Armee und Commissioner of
Police machen?«

»Ja, verdammt: Warum denn nicht?« sagte Professor Wayne.
Wir bedankten uns und gingen, ihn dem Schutz der walker-
schen Heerscharen, dem Coke und den Armen des Propheten
überlassend.

> *In a strange land sing it loud*
> *Sing a song of freedom, Sister,*
> *Sing a song of freedom, Brother.*
> *We gotta sing and shout it,*
> *We gotta talk and shout it,*
> *Shout the song of freedon, now.*
> RIVERS OF BABYLON, TRADITIONAL

Je höher der Affe klettert«, sagte Valerie, »desto mehr zeigt er seinen Arsch.«

Während der Fahrt durch die Oberstadt, die Constant Spring hinunter, hatten wir kein Wort gesprochen.

»Wo du das Pferd anpflockst, frißt es Gras«, erwiderte ich.

»Der war mal 'n Sozialist«, sagte Valerie verächtlich.

»Und?«

Sie wußte, daß mir die euphorische Aufbruchsstimmung in den siebziger Jahren falsch vorgekommen und Sozialdemokraten schnuppe waren. Enttäuscht von ihnen kann nur sein, wer sich in ihnen getäuscht hat. Was unser Land, und nicht nur unseres, brauchte, war ein neues Beginnen, eine parteiunabhängige Bewegung, das Unterste zuoberst zu kehren. (Falls die Yankees dies zuließen. Aber diesen Gedanken verdrängte ich oft. Nach der Invasion Grenadas durch das Pentagon und seine gekauften Vasallen.)

In Half Way Tree kehrten wir in ein einfaches Restaurant ein, aßen eine Kleinigkeit und machten uns auf den Weg, die zweite Verabredung des Abends pünktlich einhalten zu können.

Fred Clarkes Anwaltsbüro befindet sich in der Duke Street, wie die meisten Kanzleien der Stadt und mein Büro.

Er hat mir schon des öfteren aus der Patsche geholfen, wenn ich – notwenigerweise manchmal halblegale Wege gehend – von der Polizei verhaftet worden war. Detekteien und Security-Firmen arbeiten auf Jamaika ohne Gesetzesbasis, ja, sie sind nur möglich, wo es Grau- und Unsicherheitszonen in der Gesellschaft gibt. Fred ist äußerst effizient, kann wie ein Besessener arbeiten, wenn er meint, daß jemandem Unrecht geschieht, den größten Teil seines Geldes aber verdient er durch Aufträge, die ihm die oberen Gesellschaftskreise übertragen.

»Du mußt einen Reichen aus der Hölle pauken, um dir den Luxus leisten zu können, ein unschuldiges armes Schwein zu verteidigen«, sagt er immer.

Er hat mehr als nur einen Reichen in unmöglichen Fällen erfolgreich verteidigt, gilt daher als Staranwalt – nach recht kurzer Praxis hat er es schon zum Queen's Counsel gebracht –, und die Kriminalpolizei mag ihn überhaupt nicht, weil er oft genug Mittellose vertreten hat. Fälle, in denen ein Unschuldiger durch ein abgekartetes Spiel der Beamten zum Sündenbock gemacht werden sollte. Es gibt in der Abteilung für zum Tode Verurteilte in Spanish Town viele Männer, deren einziges Vergehen darin besteht, zu arm zu sein, sich einen Anwalt wie Frank Phipps oder Fred Clarke leisten zu können. Andererseits gab es genügend Fälle, in denen einflußreiche Männer der Gesellschaft, obwohl auf frischer Tat ertappt, freigesprochen werden mußten, weil der Anwalt die richtigen Leute geschmiert hatte – bis hin zu Richtern am Revisionsgericht.

Die Fenster von Clarkes Kanzlei waren als einzige im ganzen Block erleuchtet. Wir klingelten, hörten das Surren der Gegensprechanlage, die Tür ging auf, nachdem Fred meine Stimme identifiziert hatte, und wir nahmen den Fahrstuhl zum dritten Stock.

»Levy, Levy, Burrell & Clarke, Attorneys-at-Law«. Eine teure, eine gute Adresse. Wir hörten, wie einige Riegel aufgingen, die Tür öffnete sich einen Spalt, Fred löste die letzte Kette, wir traten ein und gelangten durch einen dunklen Korridor in sein Büro.

Fred ist ein Mulatte mit hagerem Gesicht, dünnen Lippen und leicht gewellten Haaren; vom Vater hat er die graugrünen Augen, von der Mutter die schlanke Figur und gute Haltung. Einer seiner Brüder ist Maler, eine Schwester Fotografin, eine andere Galeristin, zwei Brüder sind tonangebende Männer in der Handelskammer, die anderen Schwestern haben erfolgreich in einige der einundzwanzig Familien eingeheiratet. Er hat es nicht nötig zu arbeiten. An seiner Stelle würde ich allenfalls den Kaffeeanbau in den Blue Mountains beaufsichtigen, der der Familie den ungeheuren Reichtum einbrachte und immer noch einbringt.

»Setzt euch«, sagte Fred.

Wir verfügten uns in die Polstergruppe für Besucher, er mischte uns die Drinks und goß sich selbst einen Burgunder ein.

»Donna hat mir schon berichtet, worum es geht«, erklärte er. Er war ganz gespannte Aufmerksamkeit. »Sybil hat euch den Fall angetragen. Verständlich.«

Wieso?« fragte ich.

»Eine Menge Hornochsen verdächtigen sie, ihren schönen Mann umgelegt zu haben. Kompletter Blödsinn, das. Sie ist zwar hochneurotisch, aber viel zu willensschwach, dergleichen in die Wege zu leiten.«

»Vielleicht hat sie jemanden mit starkem Willen gefunden, einen Ersatz für Walker«, wandte Valerie ein.

»Unsinn«, sagte Fred Clarke. »Sie mag zwar froh sein, daß *Doubletrouble* sie nicht mehr unter Kontrolle hat, aber einem weiteren *Willensstarken* zu Diensten zu sein dürfte einen Horror für sie bedeuten. Im übrigen hat sie mich beauftragt, die Firma entweder an den Meistbietenden zu verkaufen oder, und dies ist zur Zeit ihre Option, sie in den Besitz der Mitarbeiter zu überführen.«

»So oder so ist sie die einzige Erbin«, sagte ich.

»Und als Schuldige heuert sie dich an? Nein, mein Lieber, so durchtrieben – oder doof – ist sie nicht. Ich vermute eher«, er nahm einen Schluck aus dem geschliffenen Glas, »daß entweder seine Vergangenheit ihn eingeholt hat oder daß ein Mann, den er gut gekannt hat – der Mörder muß ja ganz nahe an ihn herangetreten sein – und der ihn absolut nicht mehr ausstehen konnte, ihn umbrachte.«

»Unfall schließt du aus?«

»Bei dem? Der war Waffenspezialist.«

»Und Selbstmord? Die ganze Aktenlage deutet darauf hin.«

»Selbstmord, der? Dafür liebte er Waffen, schnelle Wagen, enge Mösen – genau in der Reihenfolge – viel zu sehr. Nein,

Sybil hat schon ganz recht, die Hintergründe erhellen zu wollen. Habt ihr den oder die Betreffenden erwischt, können wir uns immer noch überlegen, ob wir den Schuldigen dem Gesetz überantworten.«

»Wer wir?«

»Na, sie, ich, ihr.«

»So hat sie es dir gegenüber geäußert?«

»Ja.«

»Mir«, hielt ich entgegen, »hat sie aber anderes gesagt. Sie will einen klaren Schlußstrich, sie will den *Schuldigen hängen sehen,* wortwörtlich.«

Fred Clarkes Gesicht blieb undurchdringlich. Er zuckte mit den Schultern.

»Das Hängen haben die beiden letzten Justizminister gottlob seit Jahren ausgesetzt«, sagte er. »Und nicht nur, weil Amnesty International und America's Watch – die b*leeding hearts,* wie die Reaktionäre sie nennen – schon diverse Male Unschuldige direkt vor der Nase des Henkers haben retten können.«

Ich skizzierte in groben Zügen, was Professor Wayne uns vorgetragen hatte.

»Der ist ein brillanter Kopf, aber durch und durch verderbt, korrumpiert und, seit einiger Zeit, verkokst«, sagte Fred geringschätzig. »Seine Analyse der Bandenszene ist zutreffend, seine Schlüsse sind barbarisch. Wenn man ihnen folgt, geben wir alle zivilisierten Werte auf, denen unsere Gesellschaft seit der Befreiung der Sklaven vor über hundertundfünfzig Jahren anhängt. Vor zwanzig Jahren bereits habe ich vor diesen Verbindungen zwischen Gangstertum und Politik gewarnt, und zwar ständig und öffentlich. Keiner der maßgeblichen Herren hörte mir zu. Sie gaben vor, solche existierten nicht, wo diese doch die Grundlagen ihres Machterwerbs bildeten. Im Senat schlug ich damals vor, alle Politiker, denen Verbindungen dieser Art nachzuweisen sind, ins Gefängnis zu stecken und ihnen das aktive und passive Wahlrecht auf Lebenszeit abzuerkennen. Das einzige, was mir der Vorschlag eintrug, war mein Rausschmiß aus der Partei.«

Dieser schien ihm immer noch nahezugehen. Ich konnte ihm nicht recht zustimmen: Diese Labour-Party, auf Wunsch des damaligen Colonial Office von einem Geldverleiher und Demagogen gegründet, war mir schon immer suspekt vorgekommen.

»Mit dem berüchtigten Waffenstillstand zwischen Claudie Massop, JLP, und *Buckie* Thompson, PNP, war der Point of no return erreicht. Massop, einen großen weißen Hut auf dem Kopf, lümmelte sich wahrhaftig im *Jamaica House* herum …«

»Und mein *Parteifreund* Spence«, sagte Valeria ironisch, »ein x-mal vorbestrafter Ganove und Killer, begleitete *Joshua* Manley sogar bei einem Staatsbesuch nach Kuba, wo er die Gastgeber mit seinen schlechten Manieren verärgerte.«

Fred lächelte sie an.

»Ja, wir haben zugelassen, daß die Herren Staatsgründer und ihre Nachfolger unseren Idealismus mißbrauchten, meine Liebe. Damals«, fuhr er fort, »hätten wir ganz klar sehen müssen, daß die Zauberlehrlinge ihre Meister längst in der Tasche hatten. Es war nur eine Frage der Zeit, wann sie die Macht ergreifen würden. Nun ist es zu spät, mit Knoblauch, Bibel und Kreuz zu fuchteln: Die Vampire sind längst immun geworden. Wir werden so lange keinen Frieden bekommen, wie wir unsere – gewählten und ungewollten – Vertreter für uns Scheingefechte führen lassen. Wir selbst müssen den Kampf aufnehmen. Damit meine ich nicht uns in der Oberstadt, damit meine ich alle, die es satt haben und für ein völlig neues Beginnen eintreten.«

»Genau!« sagte ich.

»Du meinst es aber anders als ich«, sagte Fred heftig. »Und ich meine auch nicht diese neue Bewegung gleichen Namens, die sich kürzlich konstituiert hat. Da sind mir zu viele abgehalfterte Exgrößen der beiden staatstragenden Parteien drin. Die hocken nur in den Startlöchern, weil inzwischen siebzig Prozent unserer wahlfähigen Bevölkerung der Meinung sind, PNP und JLP hätten abgewirtschaftet. Nein, ein neues Beginnen muß von der Basis kommen, von den Vernünftigeren, also Radikaleren in den

Gettos, in den Vorstädten und auf dem Lande. Die jetzigen Strukturen und ihre Vertreter sind Teil des Problems, nicht seiner Lösung.«

Der Anwalt stand auf, ging ans Fenster, vertrat sich die Beine und schaute uns an.

»Aber das läßt dich kalt, nicht wahr, *Ruffneck?*« fragte er.

»Ich bin nicht als Privatmann hergekommen«, sagte ich schwerfällig, »und meine persönliche Meinung wiegt eh einen Fliegenschiß. Ich stimme dir größtenteils zu. Aber du vergißt, daß du durch deine Abkunft, deine Farbe, deinen kulturellen Hintergrund, durch deinen Beruf und deinen Reichtum ebenso Teil des Problems bist.«

»Man kann seine Klassengrenzen überspringen«, meinte Fred lahm.

»Und bricht sich zumeist Genick oder Beine dabei«, schloß ich.

»Ich hab hier eine kleine Akte zusammengestellt«, sagte Fred Clarke nun in neutralem Tonfall. »Ich denke, sie kann dir behilflich sein.«

Er ging zu seinem Schreibtisch und öffnete eine Schublade. Ich trat näher und war, wie jedesmal, gerührt durch das Foto von Che, das Clarke immer noch in einem kleinen Rahmen auf der Platte stehen hatte, direkt neben den Bildern seiner Schwestern. Er übergab mir einen schmalen Ordner. Ich öffnete ihn, sah den Inhalt kurz durch und pfiff durch die Lippen.

»Seit wann hast du die?«

»Seit neunundsiebzig, seit damals ist sie immer auf den neuesten Stand gebracht worden.«

»Wieso neunundsiebzig?«

»Damals stieg er in die Partei ein. Und dann heiratete er mein Patenkind, die kleine, unglückliche, völlig verkorkste, von ihrer Mutter abgerichtete, auf den Miss-Titel programmierte, frigide Sybil«, sagte Fred.

Seine Stimme war belegt. Auch er hatte den schönen Mann nicht ausstehen können.

»Hast du ein Alibi für den siebzehnten September vorigen Jahres?« fragte ich.

»Wie bitte?«

»Hast du eines?«

»Siebzehnter Sept... Ja, ich habe eines, da war ich auf Grenada. Aber Alibis, du weißt es nur zu gut, kann man ja auch kaufen. Im Dutzend billiger«, sagte er. »Mann, Fraser, du packst es richtig an. Wie ein Profi. Wie ich.«

Dies war das höchste Kompliment, das er zu vergeben hatte. So nahm ich Valerie beim Arm und verabschiedete mich.

Durch die Duke Street pfiff ein recht kühler Wind. Ich weckte einen Riesen von Mann, dessen Name mir entfallen war – er hatte Shorties Aufgaben in der Nachtschicht übernehmen sollen –, gab ihm ein paar Dollar fürs Aufpassen auf den Wagen, und wir fuhren die Duke Street hoch, bogen in die East Queen ein, umfuhren die Parade, von wo wir durch die Orange Street und die Slipe Road, von keiner Ampel aufgehalten, bald Half Way Tree erreichten und damit meine Stadtwohnung.

Wir duschten zusammen, mischten uns noch ein Betthupferl und schliefen – zum Sex waren wir, ausgelaugt von Lärm, Dreck, Gestank, Smog und den Vibrationen von Gewalttätigkeit in dieser Stadt, nicht mehr in der Lage – schnell ein.

Ah wore collar and tie
And ah smoke lakka'n Englishman.
Was a symbol of class
And a symbol of position.

LORD LARO

In einem Land, in dem es keine Meldepflicht gibt und dessen Bewohner ständig auf Achse sind, ist es zumeist nicht einfach, Verwandte, Bekannte, Familie und Freunde eines Mannes zu finden, der auf unnatürliche Weise gestorben ist. Aber Sybil Walker hatte uns eine Menge Familien- und Geschäftsadressen gegeben, die Valerie und ich in den nächsten Tagen aufsuchten. Prento ging derweil *Doubletroubles* Beziehungen in Armee und Partei nach.

Walkers Mutter wohnte in einem großen, durch Anbauten erweiterten, unscheinbaren Haus in Havendale mit schönem Blick auf die Red Hills. Das Grundstück war klein, eine hohe, stacheldrahtbewehrte Mauer umgab es; und auch hier lungerten Wachleute von *Safe & Sound* herum. Aber sie erweckten den zufriedenen Eindruck von Männern, die, von Arbeit ungeplagt, mit Tee und Kuchen versorgt, ihre acht Stunden abreißen.

Eine Hausangestellte mit Häubchen und Schürze führte mich in ein mit kostbaren Mahagonimöbeln vollgestopftes, dunkles Wohnzimmer. Die riesige, mit dunkelrotem Velour bezogene Sitzgruppe war, wie so oft, auf das Fernsehgerät fokussiert, das, auf einer verschnörkelten Etagere thronend, wie die Kanzel wirkte, von der evangelikale Eiferer – stets die Kollekte im Sinn – uns den schmalen Pfad zum Himmel weisen.

Mrs. Walker erhob sich nicht, sondern winkte mich nach einer verabschiedenden Geste zur Angestellten hin in einen Lehnsessel neben ihrem Sofa und bot mir Tee an. Mühsam gewöhnten sich meine Augen an das Halbdunkel. Die Möbel waren gewachst und poliert; wo immer möglich, waren Zierdeckchen ausgelegt, auf denen bemalte Keramiktiere und Vasen mit Plastikblumen standen.

Da Sybil meinen Besuch angekündigt hatte, wußte die alte Dame um den Grund und verbarg nur mühsam ihre Neugier. Sie sah mich an. Ich sah sie an. Dann, zu meiner Überraschung, wandte sie sich an jemanden, der im Dunkel, sehr aufrecht, die Unterarme auf den Lehnen, hinter mir in einem hohen Sessel saß. Ihre Doppelgängerin. Das gleiche hagere, feingeschnittene dunkle Gesicht mit schmaler Nase, die gleiche Frisur – die Haare zunächst geglättet, dann onduliert –, die gleichen eleganten, langen Hände, das gleiche Kleid mit Spitzen und Rüschen, dunkelblau mit weißen Pünktchen, die gleiche Haltung der Beine – Knie zusammengepreßt, Füße seitwärts gestellt, unter den Körper gezogen –, das gleiche Rouge auf den Wangen, die gleichen goldenen Kreolenohrringe. Mrs. Walker jedoch trug Verlobungs- und Hochzeitsring. An der Linken. Ihre Schwester keinen.

Die Witwe und Mutter redete, die alte Jungfer lächelte und schwieg. Ich hatte, sie im Blick zu haben, den Sessel gewechselt. Ab und an öffnete sie den Mund, warf einen ängstlichen Blick auf ihre Schwester – und schwieg. Ich beschloß, sie mir ohne Beisein von Mrs. Walker vorzuknöpfen.

Das Bild, das Sybils Schwiegermutter von *Doubletrouble* entwarf – sie nannte ihn Jungchen –, war das eines zu früh dahingegangenen Heiligen. Sein Spitzname mußte schiere Verleumdung sein. Ein *dermaßen begabtes* Einzelkind, gut *behütet im Schoße der Familie* großgeworden – der Vater, ein erfolgreicher Kaufmann, war schon zu Beginn der fünfziger Jahre von Downtown nach Havendale gezogen und hatte *vor seinem allzufrühen Tod seine Sache wohlbestellt* –, konnte mit fünf schreiben, rechnen und lesen, durchflog die Volksschule als Klassen-, die renommierte Wolmers' als Jahrgangsbester, war musisch begabt, *sagte Gedichte wie kein anderer auf, und zwar nicht solche, die heute als Gedichte gelten* – damit meinte Mrs. Walker Lyrik auf Patois –, *brillierte in freier Rede,* Cricket, Fußball und Französisch, studierte dann Wirtschaftswissenschaften in den Staaten und England, kam mit Diplom zurück und trat *zu seines Onkels Enttäuschung* nicht in die Firma, sondern in die Armee ein, in der er *ob seiner*

Verdienste und Anlagen sehr schnell befördert wurde. »Wir waren ja leider seit fünfundvierzig in keinen Krieg verwickelt, sonst hätte er es bis zum General gebracht.«

»Sagen Sie, Mrs. Walker«, unterbrach ich ihren Redefluß, »warum hat Ihr Sohn eigentlich achtundsiebzig diese Aussagen gegen seine Kollegen gemacht?«

»Das haben wir uns zunächst auch gefragt«, erwiderte sie nachdenklich. »Aber er wird sich wohl etwas dabei gedacht haben. Im Grunde widersprach es seinem Naturell, andere anzuschwärzen. Zumal hier nur ein Fall vorlag, bei dem einige Hitzköpfe in der Armee meinten, sich in den Wahlkampf einmischen zu müssen.«

»Was dreizehn Menschen das Leben kostete bei dem Massaker in Disburgh und fünf in der Holland Bay, von den Verletzten mal ganz zu schweigen.«

»Manleys Gefolgsleute«, sagte Mrs. Walker geringschätzig und führte ihre Tasse an die Lippen. »Sei es, wie es sei«, fuhr sie fort, »mein Junge konnte Ungerechtigkeiten nicht passiv mit ansehen.«

»Die Mörder wurden zum Tode verurteilt?«

»Und begnadigt. Alle!« Damit war für sie das Kapitel abgeschlossen.

»Was, denken Sie, bewog Ihren Sohn, in die Politik zu gehen?«

»Wir wissen es nicht, junger Mann, aber wie alle zunächst seltsam erscheinenden Entschlüsse meines Sohnes schlug auch dieser zu seinem Besten aus. Wer anders als er hätte im Osten Kingstons den Roten eine Hochburg abnehmen können? Er hat Ruhe und Ordnung in diesen Wahlkreis gebracht.«

»Das mag sein, Mrs. Walker, aber er ist immer noch einer der heruntergekommensten Jamaikas.«

»Nicht jeder, junger Mann«, sagte sie spitz, »kann es sich, wie unser geschätzter Mister Seaga, leisten, sein ganzes Parlamentariergehalt und noch einiges aus der privaten Tasche in seine Constituency zu stecken. Nein, dazu waren wir nicht reich genug.«

»Wie erklären Sie es sich, daß Ihr Sohn dort nur drei Jahre aktiv war?«

»Politik, Mister Fraser, ist auf die Dauer ein schmutziges Geschäft, und so fanden wir seine Entscheidung höchst löblich. Es hätte der Kräfte eines Titanen bedurft – und der finanziellen Kräfte eines Matalon oder Issa –, den Wahlkreis zu sanieren, Häuser zu bauen, die Industrie dazu zu bewegen, dort Arbeitsplätze anzusiedeln, Wasser, Strom, Kläranlagen zu gewährleisten, die vielen fehlgeleiteten Jugendlichen auszubilden ...«

»Hat Ihr Sohn Ihnen klipp und klar gesagt, warum er dreiundachtzig die Politik aufgab?«

»Nein.«

»Sind Ihnen seine Mitarbeiter aus der damaligen Zeit bekannt?«

»Nein. Er pflegte uns nicht mit seinen alltäglichen Problemen zu behelligen.«

»Wie stand er zum Parteiführer?«

»Mir wurde zugetragen, mein Jungchen sei einer jener wenigen Aufsteiger in der Partei gewesen, die bei Herrn Seaga stets ein offenes Ohr fanden.«

»Es gab also keine Differenzen?«

»Nicht, daß ich wüßte. Das wäre auch schlecht vorstellbar. Alles, was Jamesie anpackte, gelang ihm gut.«

»Welche Rolle spielte Ihr Sohn in den, sagen wir mal, militanten Auseinandersetzungen im Wahlkampf von achtzig?«

»Mein Sohn lehnte ungesetzliche Gewalt immer ab. Ich bin sicher, er hat alles versucht, diese leidigen Kämpfe in Maßen zu halten.«

»Er beschäftigte also keine Dons, Rankins und Gunmen?«

»Ganz bestimmt nicht.«

»Woher wissen Sie das so genau?«

»Wäre er darin involviert gewesen, ich hätte es bestimmt erfahren.«

»Es gab aber Tote im Wahlkreis Ihres Sohnes.«

»Auf beiden Seiten!«

»Ihr Sohn war Ihrer Meinung nach nicht an den Kämpfen beteiligt?«

»Garantiert nicht.«

»Er galt aber als Waffennarr.«

»Wer hat Ihnen das gesagt? Das ist absoluter Unsinn. Als ehemaliger Offizier hatte er natürlich Kenntnisse von Schußwaffen und dergleichen, aber ein Waffennarr ...«

»Wer war dann Ihrer Meinung nach verantwortlich für die Toten auf der anderen Seite?«

»Nicht Jamesie, nicht mein Junge. Wenn überhaupt, dann irgendwelche Hitzköpfe, wahrscheinlich nicht einmal aus seinem Wahlkreis und Parteibüro. Sie wissen ja, wie das damals war.«

»Nein. Da war ich in England.«

»Sie Glücklicher!« Sie strahlte mich an. »Und darf ich fragen, was Sie dort taten?«

»Ich wurde vom Police Commissioner delegiert, bei Scotland Yard meine Fähigkeiten als Kriminalbeamter aufzubessern.«

»Ja, im alten Mutterland kann man noch den letzten Schliff erhalten«, schwärmte sie. »Aber warum sind Sie dann aus dem Dienst geschieden?«

»Wahrscheinlich, weil ich es wie Ihr Sohn, Mrs. Walker, im Öffentlichen Dienst nicht aushielt und in die Freie Wirtschaft wollte. Aber um zu meinen Fragen zurückzukommen, wie ist es Ihrem Sohn gelungen, so schnell und so erfolgreich in der Security-Branche Fuß zu fassen?«

»Junger Mann, ich fürchte, mich zu wiederholen. Sie müssen ja schon denken, ich lobte als Mutter den Sohn über den grünen Klee. Aber auch hier waren es seine außergewöhnlichen Anlagen, sein Scharfblick, seine Dynamik, sein Charme ...«

»Das genügt bei weitem nicht, in dieser Haifischbranche auf Anhieb die Nummer Zwei zu werden«, unterbrach ich sie grob.

Aber sie nahm meine schlechten Manieren nicht übel.

»Sein Erfolgsrezept«, sagte sie schelmisch, »war ganz einfach: Er arbeitete immer mit einem Kreis von Freunden und Gefolgsleuten zusammen. Er hielt ihnen die Stange, sie dankten es ihm mit Treue.«

»Wie bitte?«

»Ganz einfach. Als er die Armee verließ, war er nicht allein. Er nahm einen Trupp von Getreuen mit sich.«

»In die Politik?«

»In die Politik! Und später in die Firma.« Sie sah mich strahlend an. »Wer ist denn noch zu Freundschaft fähig heutzutage? Mein Jungchen aber ...«

»Und wo sind seine Freunde heute?«

Ich kannte die Antwort, wollte sie aber von ihr.

»In der Firma, selbstverständlich. Sie führen sein Werk fort.«

»Könnte es nicht sein, daß einer von denen ...?«

»Meinen Sohn umgebracht hat? Nein. Nie, Mister Fraser. Mein Sohn legte seine Hand für sie ins Feuer – also tue ich es auch.«

»Es gab also keinerlei Differenzen zwischen ihm und seinem engen Mitarbeiterkreis?«

»Nie. Da bin ich sicher. Davon hätte Jamesie mir erzählt.« Ich zuckte mit den Achseln.

»Wo, denken Sie, sollte ich dann den mutmaßlichen Mörder Ihres Sohnes suchen?«

Ihre Augen umwölkten sich. Ich sah, wie sie schluckte. Ich wartete. Sie antwortete nicht.

»Im privaten Bereich?«

»Nein.«

»Im geschäftlichen?«

»Ich weiß es nicht. Vielleicht sind es die ... von damals?«

»Welche von damals?«

»Na die, die achtzig seine Wahlhelfer umbrachten.«

»PNP-Revolverhelden?«

»Möglich.«

»Wieso?«

»Denen ist alles zuzutrauen. Sie sehen ja, was nun in Westkingston los ist.«

»Da sind fast ausschließlich PNP-Leute umgebracht worden.«

»Und Lester Coke? Und sein Sohn? Nacheinander. Einfach so. Unter höchst mysteriösen Umständen. Der Vater gar im Hochsicherheitstrakt des Gefängnisses! Da muß doch die Regierung dahinterstecken. Meinen Sie nicht?«

»Sie begrüßen es also, daß Ihre Schwiegertochter uns den Auftrag erteilt hat zu recherchieren?«

»Unbedingt, Mister Fraser, unbedingt! Sie ist ein Goldkind.«

»Es bestehen also keine Differenzen zwischen Ihnen?«

»Überhaupt keine. Die ganze Familie liebt Sybil. Kein Wunder. Als die Kinder heirateten ...«, nun unterdrückte sie eine Anwandlung zu weinen, »als sie heirateten ... Eine Traumhochzeit war das, Mister Fraser, es war die Hochzeit des Jahres! Fünfzehntausend Doller hat sie ungefähr gekostet. Und damals war unser Geld ja noch etwas wert! Im GLEANER auf Seite eins war das Bild zu sehen!«

»Der Held der Nation und eine Miss Jamaica«, ich suchte, einen ironischen Unterton zu vermeiden.

»Der Held und die schönste Frau des Landes, ja ...«

»Wer hat das Geld für die Hochzeit aufgebracht?«

»Das kommt von unserer Seite, von unserer Familie, Mister Fraser. Sybil stammt ja aus einfachsten Verhältnissen. Ihre Mutter ist – wie heißt es noch gleich? – äußerst ambitioniert. Sie muß seit der Geburt des Kindes gewußt haben, daß Sybil einmal die Schönste sein wird. Da durfte kein Kratzer auf die Haut! Ach, Sybil ist schlicht perfekt!«

»Ihr Sohn hat neunundsiebzig sein Haus in Beverly Hills gekauft. Hat Ihre Familie das auch finanziert?«

»Nein.«

»Wo hat er dann das Geld hergehabt?«

»Was wollen Sie damit sagen?«

»Wo stammte das Geld her?« insistierte ich.

»Ich weiß es nicht. Er wird es wohl geliehen haben. Häuser waren damals billig.«

»Billig? In Beverly Hills, dem Nobelviertel Kingstons?«

»Ach, ich vergaß ganz, daß Sie ja in England waren zu der Zeit, Mister Fraser. Da haben Sie wohl gar nicht mitbekommen, welch ungeheure Volksverhetzung dieser Herr Manley, der sozialistische Premier, betrieben hat. Wem es hier nicht passe, sagte er damals in aller Öffentlichkeit – und damit meinte er, daß Patrioten nicht im geringsten damit einverstanden waren, daß der kubanische Botschafter das Sagen hatte und daß das Land an den Pöbel verschleudert wurde –, wem es hier nicht passe, der könne ja gehen. Jeden

Tag gäbe es fünf Flüge nach Miami! Das haben sich einige nicht zweimal sagen lassen, Mister Fraser. Und da waren die Besten darunter; Kaufleute, Ingenieure, Ärzte, Fabrikanten, sie alle gingen …«

»Und was hat das mit der Villa in Beverly Hills zu tun?«

»Oh, sehr, sehr viel, Mister Fraser.« Sie lachte. »Häuser waren damals spottbillig. Fast gab es sie geschenkt. Mein Sohn wird sein Haus für einen Apfel und ein Ei bekommen haben. Wer damals zugriff und investierte, hat seinen Schnitt gemacht! Ja, er war schon ein cleverer Kopf, mein Jamesie. Das muß er vom Vater gehabt haben. Ich habe von geschäftlichen Dingen keine Ahnung, nicht die geringste. So wurden wir damals erzogen, wir Frauen.«

»Hier, in der Oberstadt, meinen Sie.«

»Ja. Meine Geschlechtsgenossinen in Downtown haben es da ein wenig schwerer.«

Ich trank den kaltgewordenen Tee aus und erhob mich.

»Es ist mir eine Freude, Sie kennengelernt zu haben«, sagte ich. »Ich bin sicher, ich muß Sie im Laufe der nächsten Tage noch öfter belästigen, wenn sich weitere Fragen ergeben.«

»Die Freude ist ganz auf meiner Seite«, entgegnete sie. »Es ist ganz und gar ungewöhnlich, mit einem kultivierten jungen Mann plaudern zu können. Nach Jamesies Tod ist es hier ein wenig einsam geworden.«

»Würde es Ihnen etwas ausmachen, mir Fotos aus, sagen wir einmal, den letzten zehn, fünfzehn Jahren zu überlassen? Sie erhalten Sie bestimmt zurück.«

Sie erhob sich.

»Alles, alles, was behilflich sein könnte, den tragischen Tod meines Jungen aufzuklären, werden Sie von mir und der Familie erhalten. Entschuldigen Sie mich bitte. Ich bin gleich wieder da.«

Als ich sicher war, daß sie den Korridor verlassen hatte, ging ich zu ihrer Schwester hinüber.

»Miss …?«

»Miss Rettleford«, wisperte sie.

Ich beugte mich über ihr Gesicht und legte einen Finger auf meine Lippen.

»Ich muß Sie unbedingt sprechen«, flüsterte ich. »Allein! Ohne Ihre Schwester! Morgen oder übermorgen. Es eilt!«
Ihre Augen wurden groß.
»Ich bin sicher, Miss Rettleford, daß Sie mir weiterhelfen können.«
Sie hob hilflos die Schultern.
»Doch, bestimmt.« Ich blickte mich verschwörerisch um.
»Können Sie hier ohne weiteres fort?«
Sie nickte.
»Morgen?«
Sie überlegte und nickte.
»Gut. Sagen wir, morgen um zwölf Uhr mittags, im Restaurant des Time Store, King Street?«
»Ja«, wisperte sie.
»Bestimmt? Sie kommen ganz und gar bestimmt?«
Sie öffnete ihre Augen noch weiter und nickte energisch. Ich hörte Schritte und ging in Richtung Tür.
Mrs. Walker öffnete sie und schritt mir entgegen, einen Pappkarton vor der Brust tragend.
»Hier«, sagte sie, »nehmen Sie. Fotos, Fotoalben, Zeugnisse, Zeitungsausschnitte … Alles, was sich …«
Die Stimme versagte ihr. Sie nickte mehrmals und übergab mir den Karton.
»Ich bin sicher, bei Ihnen ist alles in guten Händen«, flüsterte sie. Und schluckte noch einmal.
»Wenn Sybil … Ich meine, wenn Sie mehr Geld brauchen?«
»Nein«, sagte ich, »das geht in Ordnung.«
»Finden Sie den Mörder!« sagte sie flehentlich. »Finden Sie ihn, und gnade ihm Gott!«
Ich verließ das Haus und nickte den Wachleuten zu. Das Tor wurde geöffnet, ich stand in der brüllenden Hitze der Straße. Wenn ich bei der Kurie einen Antrag auf Seligsprechung von James Douglas Walker stellen würde, seine Mutter setzte mir eine Leibrente aus. Da war ich mir sicher.

My brother feel safe
Including my sisters, too:
Some of us survive
Showing them that we are still alive.
WINSTON RODNEY

Auf der Titelseite des DAILY GLEANER ein Foto, das zwei M-16-Schnellfeuergewehre, eine Maschinenpistole, eine 9-Millimeter-Pistole und Unmengen Munition zeigte. Sie seien von der Polizei in einem Gemeindezentrum in der Matthews Lane gefunden worden, jener Straße, in der es in jüngster Vergangenheit zu so vielen Toten gekommen war. Und es kursierte ein neues Gerücht über die Hintergründe der Morde: Nun hieß es, nicht die Ermordung von Jim Browns Sohn habe zu der Gewaltwelle geführt, sondern die vorsätzliche Tötung eines unschuldigen Bauarbeiters durch zwei Polizeibeamte der Hannah-Town-Wache habe die Eliminierung aller Zeugen zur Folge gehabt.

»Daher«, meinte Valerie beim Frühstück in der King Street lakonisch, »haben die Labourites von Tivoli auch abgestritten, etwas mit diesen Morden zu tun zu haben.«

Das klang logisch. In dieser Stadt geht es immer um »dies für das.«

Prento hatte nichts von sich hören lassen. Der Diensthabende am Telefon in Port Antonio sagte lediglich, Prento sei wegen einer Mittelohrentzündung vom Dienst freigestellt.

»Wir könnten ein bißchen bummeln«, schlug Valerie vor. »Wir haben ja noch etwas Zeit.«

Wir gingen die im letzten Jahr restaurierte King Street hoch und bogen in die South Parade ein.

»Kaufen Sie was für Ihre Dame«, wurde ich alle paar Schritte von Higglerinnen angemacht.

»Hier, eine schöne Schildpattspange!«

Valerie beugte sich über die Tischchen am Rande des Fußgängerweges, scherzte mit den Frauen, die hinter diesen auf kleinen Stühlen saßen, die Beine auseinandergestellt, Wechselgeld zwischen den Brüsten im Mieder. Sie hob dieses hoch, wies auf jenes, kaufte eine Flasche Haaröl, sah dann etwas, winkte mir kurz zu und ging mit schnellen, entschlossenen Schritten in Richtung West Queen Street. Ich schlenderte ihr langsam nach und genoß das bunte Treiben um mich herum.

»Diebe, Diebe, verdammte Diebe!«

Die Straßenverkäuferinnen blickten hoch, sprangen auf, versuchten, den mußmaßlichen Dieb auszumachen. Ihre Kunden hielten Brieftaschen oder Beutel und Handtaschen fest, einige Männer und Frauen kamen auf uns zugelaufen. Ich drängte mich durch die Menge in die Richtung, in der Valerie verschwunden war. Und dann sah ich ihn, einen mageren, hohlgesichtigen Burschen mit wirren Haaren und zerschlissenem Hemd, die zu kurze Hose von einem Bindfaden festgehalten. Er befand sich im festen Griff einer braunen, etwa dreihundert Pfund schweren Straßenverkäuferin. Mit der Rechten hielt sie ihn am Kragen, mit dem linken Handrücken schlug sie ihm rhythmisch über das Gesicht.

»Dieb, du verdammter Dieb! Der Dame 'ne Halskette geklaut, was? Sie fast erwürgt, nahezu gemordet, verfluchter Tunichtgut!«

Sie beutelte ihn; die Menge um sie herum johlte und lachte. Der auf frischer Tat Ertappte wand sich in ihrem Griff, langte mit der Rechten nach hinten, versuchte, sein Klappmesser aus der hinteren Hosentasche zu nehmen; eine magere Alte trat ihm finster entschlossen in die Hoden, er sackte nach vorn.

»Bev, hau ihm die Scheiße aus dem Leib«, rief die Alte und trat noch einmal zu.

Bev erhob sich langsam, den Dieb fest im Griff, sie kniff die Augen zusammen und schwenkte ihn hin und her wie einen Kleiderlumpen.

»Herr im Himmel, süßer Jesus! Umbringen willst du mich, aufschneiden wie ein Hühnchen für das Sonntagsdinner? Du Mistvieh, Sohn der Sünde, deine Mutter hätte dich kurz nach der Geburt wegschmeißen und die Nachgeburt großziehen sollen!«

Sie boxte ihm mit der schaufelgroßen Linken in den Magen. Der Dieb stöhnte auf und schrie um Hilfe.

»Verdammter Dieb!« riefen die Umstehenden. Eine Gruppe von Schuljungen kicherte und kommentierte Bevs Boxhiebe.

Der Bursche schaute hilfesuchend in alle Richtungen, derweil die Alte und einige ihrer Kolleginnen ihn von allen Seiten traten. Ein paar Straßenhändler näherten sich, kräftige Knüppel in Händen.

»Hilfe, Hilfe, Polizei!« schrie der Dieb aus Leibeskräften.

Hinter mit drängte sich ein fetter District Constable durch die Menge; er schwitzte heftig und trug seinen Dienstrevoler in der Hand.

»Laßt ihn los, laßt ihn los!« rief er.

Die Straßenhändlerinnen lachten.

»Für nichts seid ihr zu gebrauchen«, schrie eine.

»Immer zu spät«, eine andere.

»Mit unseren Steuergeldern gemästet wie ein Weihnachtstruthahn«, eine dritte.

Der Polizist warf seine Linke in verächtlicher Geste hoch.

»Weg da!« rief er. »Weg da, im Namen des Gesetzes! Verfluchter Dieb!«

Er zielte sorgfältig mit beiden Händen und schoß dem Dieb in den Fuß.

Die Menge wich zurück, Bev ließ den Missetäter zu Boden sinken.

»Schnapp ihn dir, DC«, sagte sie grinsend, »loch ihn ein und wirf den Schlüssel der Zelle weg! Dieser *Rass-claat* von Dieb klaut nicht nur ständig, sondern versucht auch noch, nachts Marktfrauen zu vergewaltigen; mich wollte er mit seinem Klappmesser aufschlitzen …!«

Sie trat dem Mann abschließend in die Hoden, wandte sich um, wischte sich den Schweiß von der Stirn, setzte sich hinter ihren Stand, stellte die Füße weit auseinander, zurrte ihren langen Rock, daß er die mächtigen Oberschenkel züchtig bedeckte, und hob das Kinn.

»Haarcreme«, rief sie, »Lockenwickler, Spangen, Klips und Bänder!«

Die Menge vor ihrem Stand löste sich auf. Der einigermaßen verwirrt aussehende Polizist steckte seine Waffe in das Holster.

»Irgendwelche Augenzeugen?« fragte er halblaut, an niemanden direkt gewandt.

»Ich hab alles genau gesehen.« Die magere Alte drängte sich vor. »Und mich kann kein Anwalt kaufen! Ich mach die Kronzeugin, und wenn es mich das Leben kostet!«

Ich drängte mich durch die fliegenden Händler und hielt nach Valerie Ausschau. Sie ließ sich gerade von einer Straßenhändlerin eine Apfelsine schälen, zahlte, lutschte die Frucht aus und winkte mir zu.

»Du schuldest mir eine Halskette«, rief sie.

»Aber aus echtem Gold, dieses Mal«, fügte die Händlerin lachend hinzu. »Ihre Dame, *Sah*, ist ihr Geld wert.«

Ich blickte sie fragend an.

»Kommen da doch diese beiden Diebe, *Sah*«, erzälte sie, »der eine schubst von hinten, der andre greift der Dame hier an den Hals und reißt ihr die Kette ab – gottlob nur Tand, *Sah* –, dann laufen die Burschen in entgegengesetzte Richtungen weg. Das heißt, der eine versucht es, da hat ihm diese ... äh, Ihr Schatz also, die tritt ihm in die Eier, daß man es hören tut, und ich schrei: Diebe, Diebe, haltet sie! Und dann fing das Verfolgungsrennen schon an. Aber das ging uns nix mehr an. Hat Ihr Schatz 'nen Tritt, *Sah,* so richtig Karatschi!«

Valerie lachte und hängte sich bei mir ein.

»Bis bald, Beste.« Sie zwinkerte der Händlerin zu.

»Später, Zuckerkuchen!« Die Frau lächelte mich an. »Apfelsinen, *Sah* ? Süß wie Himmelsmanna!«

Wir schlenderten zurück zur King Street.

»In der Stadt kannst du immer was erleben«, sagte Valerie und lehnte den Kopf an meine Schulter.

»Wir sind pünktlich«, entgegnete ich.

Wir traten durch die breiten Glastüren des Time Store, drängte uns durch die Käuferinnen und gingen die Treppen zum Obergeschoß hoch.

86 Miss Rettleford saß in der hintersten Ecke des Restaurants,

einen Saft vor sich. Sie wirkte ganz entspannt und lächelte uns zu.

»Pünktlich wie die Engländer«, sagte sie.

Valerie blickte mich an.

»Saft«, sagte ich und setzte mich der alten Dame gegenüber.

»Ich freue mich, daß Sie gekommen sind. Ich habe, ehrlich gesagt, befürchtet, Sie würden Ihre Verabredung nicht einhalten«, wandte ich mich an sie.

»Was man verspricht, muß man halten«, erwiderte sie. »Und ich glaube, Sie haben guten Grund, mich allein sprechen zu wollen.«

Sie pausierte.

»Lügen, Lügen, Lügen«, entfuhr es ihr nach einer Weile. »Ich habe gestern kaum an mich halten können.«

»Das hab ich gemerkt«, sagte ich, »darum wartete ich auch darauf, daß Ihre Schwester ...«

»Jeder Geier hält sein Kind für weiß«, unterbrach sie mich, »aber daß sie dermaßen übertreibt ... Wissen Sie, ich habe ihn auch gern gehabt, auf seine Weise war er in Ordnung. Aber manchmal konnte er ein Teufel sein. Allein wie er die arme Sybil behandelte, dafür wird er in der Hölle braten.«

»Ja?«

»Ich wasche keine Familienwäsche im Beisein von Fremden«, sagte sie, »grundsätzlich nicht. Aber mit Lügen ist weder ihm noch Sybil noch seiner Mutter geholfen, ganz zu schweigen von Ihnen.«

Valerie setzte sich neben mich und stellte das Tablett mit Getränken auf den Tisch.

»Ich bin«, sagte die alte Dame, entschlossen, ihre Aussage zu machen, »immer die kleine Schwester geblieben, dabei bin ich nur vierzehn Minuten, andere sagen dreißig, jünger als Catherine. Und wie Sie gesehen haben, muß ich immer, wenn wir Gäste haben, den Mund halten. *Ein kleines Kanu sollte lieber in Küstennähe bleiben*, sagte sie. Nur weil ich – gottlob, sag ich Ihnen, gottlob! – nie geheiratet habe. Nicht, daß ich mir nichts aus Männern gemacht habe«, fügte sie schnell hinzu, »aber ich habe aus nächster Nähe sehen können, wie Ehefrauen behandelt werden, zuerst in Catherines Fall – sie konnte den Mund ja erst aufmachen, nachdem der alte Stinkstiefel gestorben war – und dann in Sybils. Ich zog es vor, *Muli* genannt zu werden. Lieber ein *Muli* als eine Sklavin, das sag ich Ihnen.«

Sie sog energisch an ihrem Strohhalm. Dann sah sie mich scharf an.

»Wissen Sie«, sagte sie, »im Grunde war James nicht schuld, er war … Von klein auf hatte er falsche Freunde.«

»Da war er nicht der einzige«, erwiderte ich. »Ich schlage vor, Sie erzählen uns Ihre Version in aller Ruhe, und dabei gucken wir uns alle Bilder an, die mir Ihre Schwester gestern gegeben hat. Wir haben sie, so gut es ging, gestern abend chronologisch sortiert.«

»Ja, das wird das beste sein.«

Ich stand auf, ging um den Tisch herum und setzte mich neben sie. Valerie zog das Album aus ihrer Umhängetasche, schob es über die Resopalplatte und zwinkerte mir zu.

Wir gingen die Bilder, die James Douglas *Doubletrouble* Walker von zartester Kindheit bis ins Mannesalter zeigten, einzeln durch. Er war ein schönes Kind, ein hinreißender Teenager und ein großartig aussehender Mann gewesen, und der alten Dame war ihre Rührung anzumerken, wenn sie von dem kleinen Jungen sprach. Als wir aber die High-School-Zeit erreichten, machte sie uns auf einen kleinen, listig wirkenden Burschen aufmerksam, der auf vier oder fünf der Fotografien auftauchte.

»Das ist *Tiny*«, sagte Miss Rettleford, »und mit dem fing es an.«

»Fing was an?« fragte Valerie.

Die alte Dame blickte auf.

»Die Wandlung von einem Engel zu einem abgefeimten Satan.«

»Ist das nicht oft der Fall in der Pubertät?« fragte ich.

»Das mag oft der Fall sein«, erwiderte sie, »aber James wurde ausgesprochen hinterlistig, unverschämt, frech und anmaßend, und zwar immer hinter dem Rücken seiner Mutter. Ich wurde die Zielscheibe übelster Attacken, nur weil Catherine mich eine *alte Jungfer*, ja *die ewige Jungfrau* genannt hat – was überhaupt nicht zutreffend ist, aber das tut hier nichts zur Sache ...«

»Sie meinen«, fragte Valerie einfühlend, »er machte Sie zum ... Sexualobjekt?«

»Ja, mich, seine Tante«, Miss Rettleford errötete, »aber nur, wenn dieser kleine Strolch dabei war.«

»Wie hieß der richtig?«

»Ich weiß es nicht. Der Familienname war einer dieser beliebigen irischen oder schottischen. *Tiny* nannten ihn alle, und dieser kleine Unhold tat alles, groß und wichtig zu erscheinen. Ein Maulwerk wie ein Schauermann im Hafen!«

»Ich war in dem Alter nicht anders«, sagte ich. »Wissen Sie, als Junge zwischen dreizehn und siebzehn ...«

»Nein«, widersprach sie energisch, »ich weiß, daß dann die ... die Säfte schießen und all das. Aber James machte einen völligen Charakterwandel durch. Nicht nur, daß er ausschließlich die Gesellschaft von Strolchen suchte und schweinische Dinge aller möglichen Natur anstellte ... Wissen Sie, ich habe Catherine damals gesagt, sie solle sein Taschengeld erhöhen und ihn regelmäßig in ein Bordell schicken ...«

»Was?« Valerie hatte kreisrunde Augen.

Die alte Dame wischte den Einwand mit einer breiten Geste der Linken weg.

»Ich sage Ihnen, diese leichten Mädchen üben eine wichtige soziale Funktion aus. Vielleicht tun sie bessere Werke als die meisten Pastoren und Politiker ... Nein, das ist es nicht. Tatsache ist aber, daß *Tiny,* Jamesie und ihre Clique Jagd auf jüngere Mädchen machten. Sie nannten es *Hymen-Sammeln.*« Sie machte eine große Pause.

»Und das tat er bis zu seinem Tode. Man hätte meinen können, er zeichne sich jedesmal einen Strich auf ... das Genital, wenn er wieder einmal ... So, wie Revolverhelden in Westernfilmen eine Kerbe in den Schaft ihrer Waffe schneiden. Aber damit nicht genug. Er stahl! Er klaute wie ein Rabe. Catherine muß in jenen Jahren wohl ein Dutzend Hausangestellte gefeuert haben, die sie beschuldigte, ihr Geld gestohlen zu haben. Dabei war er es. Kein anderer.

Aber Catherine war davon nicht zu überzeugen.«

»Nun«, sagte ich, »das waren Jugendsünden.«

»Richtig«, sagte Miss Rettleford schneidend, »aber er ge-staltete sein ganzes spätere Leben in diesem Stil. Nur Schein, nicht Sein! Den Ehrenmann spielen und sich mit lauter Banditen umgeben! Seine Jungfernrede im Parlament! O Gott, welch ein Meisterwerk hochmoralischer Wendungen, welch ...! Seine Zunge war gespalten wie die einer Schlange! Sehen Sie, hier, diese Fotos«, sie wühlte in dem Stapel, »Dokumente *eines einwandfreien Lebenslaufes*, der *Retter der Enterbten*, der *Wohltäter des Wahlkreises* und so fort. Ein Mafioso wäre, gemessen an ihm, ein Muster an Anstand und Güte.«

»Politiker müssen wohl so sein«, sagte Valerie.

»Möglich«, erwiderte Miss Rettleford, »aber dann müssen ehrbare Bürger eben dagegen angehen, gegen diesen Sumpf von Verderbtheit, Korruption und Heimtücke.«

»Das meint Anwalt Clarke auch«, sagte ich. »Wir sprachen kürzlich mit ihm über den Fall.«

»Das ist ein anständiger Mann«, sagte die alte Dame. »Des-halb haben sie ihn ja auch hochkant aus der Partei gewor-fen.«

»Noch einmal zu der *Clique,* die Sie erwähnten. Können Sie mir weitere Namen nennen? Es ist wichtig.«

»Nur wenige«, erwiderte sie. »Wissen Sie, dies Gesocks redet sich untereinander ja nur mit Spitznamen an, und in der Öffentlichkeit tragen sie Frack oder Smoking und fressen Kreide. Warten Sie«, sie legte den Kopf nach hinten und zählte dann an den Fingern auf: »*Tiny, Shotgun, Blizzard, Jah So-und-so* ...«

»Jah T.?«

»Genau. Dann *Tremble, Turfie* und so weiter und so fort. Ein einziges Natterngezücht!«

»Wann fingen diese Bekanntschaften an?« fragte ich.

»Bekanntschaften?« versetzte sie höhnisch. »Alles Busen-freunde! Teilweise schon von der High School her ...«

»Wolmers' Boys?«

»Ja. Dann in der Army und später in der Firma. Ich sage

Ihnen, das war eine böse, eine verderbte Parodie auf die berühmten Männerfreundschaften.«

»Die richtigen Namen kennen Sie nicht?«

»Nein. James stellte sie einmal kurz vor, murmelte etwas und benutzte dann, seit er dreizehn, vierzehn war, nur diese Code- und Spitznamen für einen Haufen von Halunken, Halsabschneidern, Verbrechern ...«

Ich hob den Arm und fragte vorsichtig: »Miss Rettleford, Sie sagten vorhin, Ihre Schwester sei als Mutter völlig blind gewesen, was ihren Sohn betraf. Könnte es jetzt nicht sein, daß Sie, sagen wir einmal, im Gegenzug etwas zu sehr in Vorurteilen befangen sind?«

Die alte Dame wandte den Kopf. Sie hatte nur ein mitleidiges Lächeln für mich.

»Mister Fraser«, sagte sie mit Nachdruck, »ich korrigiere nur ein falsches Bild. Mag sein, daß ich hie und da irre. Aber ich bin mir absolut im klaren darüber, daß James schon als Halbwüchsiger in die falsche Gesellschaft geraten ist. So, wie wir alle von einem gewissen Alter an für unser Aussehen verantwortlich sind, müssen wir für unsere Freunde und Feinde geradestehen können. James hatte die falschen Freunde, er ließ sich von ihnen durch und durch verderben; und seine Feinde waren im Grunde hochanständige Menschen. So sehe ich das. Nach vielen Jahren reichlicher Überlegung. Ich wünschte oft, ich hätte unrecht. Dem war leider nicht so.«

Sie stand auf.

»Sie müssen mich entschuldigen, ich muß gehen. Sie wissen ja, wie Catherine mich kontrolliert. Sie ist meine einzige nähere Verwandte, und ich habe nur den Pflichtteil geerbt. Und der ist durch Fehlinvestitionen bis auf den letzten Cent geschmolzen. *Ein leerer Sack kann nicht aufrecht stehen.*«

»Sie wirken aber überhaupt nicht ...«, versuchte ich, sie zu trösten.

»Sparen Sie sich Ihre Komplimente, Mister Fraser. Sie haben Menschenkenntnis dadurch bewiesen, daß Sie dies Treffen anregten. Wann immer es möglich ist, werde ich Ihnen helfen. Aber nicht durch Verharmlosungen und blanke Lügen wie meine Schwester. Guten Tag.«

Sie nickte Valerie freundlich zu und ging.

Ich atmete geräuschvoll aus.

»Welch ein Leben!« sagte ich.

»Welch eine Härte in postkolonialer Ehrlichkeit«, meinte Valerie. »Wir haben eine Menge erfahren.«

»Ja, nun müssen wir *nur noch* seine guten Freunde aufsuchen.« Ich stand auf, beugte mich über den Tisch und küßte Valerie auf den Mund. »Komm, es gibt Arbeit.«

»Ich habe sie die ganze Zeit im Blick gehabt«, sagte Valerie. Sie stand auf, schob die Fotos zusammen, stopfte sie in ihre Tasche und hängte sich bei mir ein.« Und ich hatte keine Sekunde den Eindruck, daß sie, willentlich oder unbewußt, log. So eine Frau möchte ich zur Freundin haben. Und welchen Eindruck hast du von ihrer Schwester bekommen? Was hat diese – vierzehn oder dreißig Minuten älter – Frau von sich gegeben?«

»Müll, nur Müll«, erwiderte ich.

Starting all over again –
It's gonna be rough
so rough!
DERRICK HARRIOT

Ich stellte meinen Stadtwagen, einen cremefarbenen Peugeot 405, an der Tankstelle in der Old Hope Road ab, bat die junge Frau in dem Restaurant nebenan, eventuelle Anrufe für mich entgegenzunehmen, und erkundete die Gegend um Walkers Firma zu Fuß.

Das Anwesen von *Safe & Sound* lag in der South Avenue. Rund um das U-förmige große Haus, das drei Walmdächer hatte, und längs der Begrenzungsmauern war die Erde mit Kies bedeckt; Videokameras, NATO-Stacheldraht und Patrouillen mit kurzen, halbautomatischen Schrotflinten ließen an ein bewachtes Giftgasdepot denken. Anders aber als nahezu alle übrigen bewaffneten Uniformierten in Jamaika, so sie in Massen auftreten, waren diese Männer Vorbilder gelassener Höflichkeit.

Zwei von ihnen eskortierten mich zur Veranda, ein Summer ertönte, eine Stahltür öffnete sich, und ich befand mich in der Telefon- und Sprechfunkzentrale der Firma. Der Tresen, hinter dem die Empfangschefin thronte, war aus schwarzem, poliertem Granit, das Licht indirekt, der Boden marmorgedeckt.

Hier war es unmöglich, sich über den Schreibtisch zu lümmeln, das Telefonfräulein auf den Nacken zu küssen, Asche zu verstreuen.

»Mister Fraser, hier entlang, bitte.« Die Dame deutete ein Lächeln an; ihr Make-up war perfekt, das Haar glatt nach hinten gekämmt und gescheitelt, die weiße Bluse makellos, der Nagel des Fingers, mit dem sie mir den Weg wies, blutrot lackiert. Ich stand vor einer weiteren Stahltür; sie öffnete sich, als ich mich mit der Schulter gegen sie lehnte. Ein mit dunkelgrauer Auslegware gefliester Korridor wies an seinem Ende eine weißgestrichene Stahltür auf. Es war kühl, der Air-conditioner befand sich in der tief heruntergezogenen, holzgetäfelten Decke. Als ich die Tür erreicht hatte, öffnete sie sich, und ein stämmig gebauter, brauner Mann mit militärisch kurzem Haarschnitt, hellblauem Hemd und dunkelblauem Binder begrüßte mich.

»Mister Fraser, ich bin froh, daß Sie den Weg zu uns gefunden haben. Willkommen, und treten Sie ein!«

Er ging voran, setzte sich in einen weißen Ledersessel und bedeutete mir mit einer Geste des Kinns, auf dem riesigen weißen Ledersofa Platz zu nehmen. Auf dem Rauchglastisch vor uns standen ein verchromter Eiskübel, eine Flasche Overproof Rum, Gläser, eine Colaflasche, zwei Bitter Lemon, eine Schale mit Limonen.

»Mrs. Walker hat Sie mit meinen Trinkgewohnheiten bekannt gemacht, Mister ...?« sagte ich.

»Smith«, sagte er, »Ray Smith.«

»*Shotgun* Smith?«

»So hieß ich früher.« Er lächelte und ließ eine Reihe perfekter Jacketkronen sehen. »Mister Fraser, ich finde es richtig, nein großartig, daß Mrs. Walker Ihre Dienste in Anspruch nimmt. Unsere Polizei ist ebenso korrupt wie unfähig. Sie können versichert sein, daß wir alles tun werden, Ihnen zu helfen, wann immer Sie dies möchten, wo immer Sie dies wünschen. Verfügen Sie über uns. Wir haben nie daran geglaubt, daß James Selbstmord begangen haben könnte. Sein Tod hat uns mehr als erschüttert. Haben Sie eine Theorie, einen Ansatzpunkt?«

»Nichts«, unterbrach ich ihn. »Wir stehen erst am Anfang unserer Ermittlungen, und ich werde Ihr Angebot dankend annehmen. Darf ich informell sein, direkt und ehrlich?«

»Ich bitte darum, Mister Fraser.«

»Ich brauche von Ihnen eine Liste aller Freunde und Mitarbeiter, die *Doubletrouble* Walker seit der High-School-Zeit begleitet haben.«

Ich blickte ihn kalt an. Er rührte keinen Muskel.

»Das ist richtig«, sagte er langsam. »Sybil und wir sind die direkten Nutznießer seines Todes – selbstverständlich müssen Sie auch in dieser Richtung recherchieren. Aber ich versichere Ihnen, da sind Sie auf der falschen Spur ...«

»Wo waren Sie am Montag und Dienstag, dem sechzehnten/ siebzehnten September vergangenen Jahres?«

Nun zuckte es doch um seinen Mund, seine Augen verengten sich, er beugte sich vor, goß zwei Finger breit Rum in die Gläser, fügte Eis hinzu, füllte sein Glas mit Cola auf und lehnte sich zurück.

»Bedienen Sie sich.«

»Mister Smith«, sagte ich, »ich möchte, wann immer es möglich ist, Sie und Ihre Mitarbeiter zu Freunden haben und nicht zu Feinden, schließlich liebe ich mein Leben, aber ich wäre Ihnen sehr verbunden, wenn Sie meine Fragen schnell und präzise beantworten würden.«

»Verstehe«, murmelte er und zwang sich zu einem geschäftlichen Lächeln. »Ich glaube, Sie sind der richtige Mann für den Fall. Kurz gesagt, an den fraglichen Tagen war ich hier in der Stadt. In besagter Nacht haben wir ein Firmenjubiläum gefeiert, und wir alle waren äußerst befremdet darüber, daß James, Mister Walker, nicht aufkreuzte.«

»Wo fand Ihre Feier statt?«

»Im Pegasus Hotel.«

»Und Sie können alle beeiden, daß ...«

»Das würde nichts besagen, Mister Fraser, und Sie wissen das. Aber erkundigen Sie sich beim Management des Hotels, den Kellnern, den Küchenchefs ...«

»In Ordnung, das werde ich tun. Bekomme ich besagte Liste?«

»Ja.«

»Haben Sie irgendeinen Verdacht?«

»Nicht direkt, aber sagen wir mal, wir haben unsere Fühler ausgestreckt.«

»In welche Richtung?«

»Mister Fraser, ich weiß nicht, wen außer Sybil und James Mutter Sie bislang gefragt haben, aber ich vermute, auch Sie haben Ihre Gewährsleute. Also wissen Sie um unsere Vergangenheit ...«

»Eine Gruppe verschworener Freunde, die gemeinsam die Schule besuchten ...«

»Die wenigsten von uns, sagen wir mal, der harte Kern ...«

»Schule, Armee, drei Jahre Politik, dann diese Firma, ja. Wer gehörte zum *inneren Kreis,* wer stieß später dazu?«

Smith stand auf, ging hinüber zu seinem riesigen Schreibtisch, drückte auf einen Knopf, redete leise in die Gegensprechanlage, nickte und kam zurück. Ich mischte mir einen Drink. Wir sahen einander an und schwiegen. Nach nicht einmal zwei Minuten betrat eine höchst intelligent aussehende Frau in weißem Rock und weißer Bluse den Raum.

»Miss Webster, Sir«, sagte Smith und bedeutete ihr, sie solle sich setzen. »James' Sekretärin, unsere effektivste Mitarbeiterin. Dabei gehört sie nicht einmal zum engsten Kreis.«

»Angenehm.« Ich bleckte die Zähne.

Sie blickte mich spöttisch an und lehnte sich zurück. Smith reichte mir einen Computerausdruck über den Tisch.

»Hier, der harte Kern ist jeweils mit einem O markiert. Das ist eine Liste aller Mitarbeiter. Das Datum des Eintritts in die Firma ist mit ausgedruckt.«

»Die Spitznamen fehlen«, sagte ich, nachdem ich die Liste überflogen hatte. »Wäre es Ihnen möglich, mir eine weniger komplette Liste zugänglich zu machen – mit den Herren, die Walker schon lange kennen, und mit ihren Spitznamen?«

»Ich versteh nicht«, sagte Smith.

»Das tun Sie sehr wohl«, erwiderte ich. »Sehen Sie, wenn ich Ihre alten Freunde und Feinde aus der Zeit, sagen wir mal, um achtzig herum, befragen würde – ich bin sicher, dann würden viele von ihnen nicht einmal Sie oder Ihren ehemaligen Boß mit Klarnamen kennen, und so ...«

»Ich verstehe«, sagte *Shotgun* schnell, »und ich glaube, Sie befinden sich auf dem richtigen Weg. Dies ist genau die Ecke, in der wir auch schon ein wenig, Verzeihung, geschnüffelt haben. Manche Menschen haben ein Gedächtnis wie ein Elefant, insbesondere jene, die meinen, daß ihnen von bestimmten Leuten Unrecht getan worden sei. So holt die Vergangenheit uns immer wieder ein.«

»Oder sie hat nie aufgehört?« fragte ich.

Smith blieb ungerührt.

»Unsere *hat* aufgehört«, insistierte er. »Aber Sie können sicher sein, daß vielen dies nicht gepaßt hat. Oder immer noch nicht paßt. Viele von uns Schwarzen«, versuchte er, mich einzubeziehen, »verfügen über das Talent, einfach nichts Konstruktives aufzubauen, und andere, die vorangehen und konstruktiv sind, den Fortschritt bringen, in den allgemeinen Sumpf der Apathie und des Anancyismus zurückzuziehen.«

»Haben Sie eine ähnliche Liste wie diese über ihre alten Feinde?«

»Wie meinen Sie das?«

»Oh, Sie verstehen sehr gut«, sagte ich. »Ich habe meine Bitte um eine Liste noch nicht einmal richtig formuliert, da wird diese schon von unserer hübschen, effektiven, akademisch gebildeten Miss Webster gebracht. Da liegt es doch nahe, daß sie mir innerhalb von dreißig Minuten eine ähnliche Liste der Feinde und Gegenspieler, der Konkurrenten und Widersacher, komplett und hübsch ausgedruckt, zugänglich machen kann. Oder?«

»Sie meinen unsere alten PNP-Gegner in Ostkingston, damals?« fragte Smith vorsichtig.

»Und eine Ihrer jetzigen Konkurrenz in der Security-Branche«, setzte ich nach.

Miss Webster blickte *Shotgun* Smith kurz an, er nickte, sie lächelte mich an, erhob sich und schritt zu Tür.

»Sie entschuldigen mich«, sagte sie charmant und verschwand.

»Mir macht Ihre Effizienz Spaß«, sagte ich und leerte mein Glas. »Wie denken Sie, kam es, daß Ihre Firma in so kurzer Zeit die zweitgrößte in Ihrer Branche wurde?«

»Ganz einfach«, erwiderte Smith, der das Kompliment offensichtlich genoß, »eine Gruppe von Freunden, fest entschlossen, sich an die Spitze durchzuboxen ...«

»Das genügt aber nicht«, unterbrach ich ihn und mischte mir einen neuen Drink.

»Nein, das genügte nicht«, sagte Smith, lehnte sich zurück, hob das Glas, prostete mir zu und trank. »Wir waren ja Soldaten, Krieger, nicht Geschäftsleute. Wir waren gut, nein sehr gut, effizient, hart, zu allem entschlossen. Aber den Durchbruch erreichten wir erst, als wir begriffen hatten, daß dies nicht genügt. Mit einem Wort: Wir kauften einige der besten Leute der Branchenführer ein, zu bei weitem besseren Bedingungen, als sie bei ihren ehemaligen Firmen gewohnt waren.«

»Wie Miss Webster?«

»Wie sie und etwa ein halbes Dutzend weiterer Spitzenkräfte«, schloß Smith. »Ich werde Sie Ihnen vorstellen.«

Ich blickte ihn über den Rand meines Glases hinweg an.

»Sobald ich die komplette, mit den Spitznamen versehene Liste Ihrer Mitarbeiter habe, möchte ich mit den Verhören beginnen. Und zwar zunächst mit Ihnen und Mister Carl *Blizzard* Blake.«

»Der ist heute leider nicht da«, erwiderte Smith. Er schien leicht amüsiert. »Er bringt unsere Filiale in Ocho Rios auf Vordermann. Dort ist es in letzter Zeit zu dummen Vorkommnissen ...«

Ich leerte das Glas und stand auf.

»Sagen wir, in einer Stunde in dem Restaurant neben der Tankstelle, Old Hope Road? Einer nach dem anderen?«

»Aber warum dort?«

»Weil ich mir absolut sicher bin, daß hier abgehört wird«, sagte ich.

Ray Smith erhob sich ebenfalls. Er legte mir die Hand auf die Schulter. »Meinethalben kann alles, was hier gesagt wird, ins Parlament oder ins Büro des Police Commissioner übertragen werden«, sagte er. »Wir haben nichts zu verbergen. Nicht mehr. Das heißt außer Marktstrategien, und für die sind Miss Webster und Clive Coolidge zuständig. Ich nehme Ihnen aber Ihren Wunsch, daß dies Spiel nach Ihren Regeln gespielt wird, nicht übel.«

Er ließ die Hand sinken und fuhr mit der anderen über das Kinn.

»Tatsache ist, Mister Fraser, daß wir ein wilder, viele sagen: übler Haufen waren. Das ist mehr als ein Jahrzehnt her. Wir verdanken es James Walker, daß nicht die meisten von uns in der Morgue gelandet sind und danach im parteieigenen Gemeindezentrum, wo dann zigtausend Idioten an uns vorbeidefilieren würden. Wir hatten Glück. Wir hatten das

Glück, daß Jamesie unser Primus inter pares war. Sonst wäre es Männern wie mir und Blake so gegangen wie Jim Brown und seinem Sohn ... Heute dagegen erhalten wir sogar Anfragen von hohen Tieren in der PNP, ihnen die Dienste von *Safe & Sound* zu gewährleisten. Da ist es in meinem und unserem – und ich spreche für die ganze Firma – Interesse, daß Sie das Schwein, das unseren Boß umgelegt hat, finden. Wie, das ist Ihre Sache. Darum erneuere ich hiermit mein Angebot, Ihnen in dem Maße zu helfen, wie es uns möglich ist.« Er blickte auf seine Schuhspitzen und lachte. »Vor einem Dutzend Jahren, mein Sohn, wären Sie ein toter Mann gewesen, hätten Sie in der Tonlage mit mir gesprochen.«
Die Tür öffnete sich. Ich fuhr herum.
Miss Webster trat ein; sie sah mich überrascht an.
»Beruflich bedingte Paranoia?« fragte sie leichthin.
»Reine Vorsichtsmaßnahme«, erwiderte ich und zeigte Smith meine offenen Handflächen, in denen sich vorzüglich geschliffene Teppichschneideklingen befanden.
»Sie sind nachlässig geworden, *Shotgun*«, sagte ich und steckte die Klingen in die Tasche.
»Wie haben Sie die hereingekriegt?« fragte er fassungslos.
»In den Kragenspitzen«, erwiderte ich und streckte die Hand aus.
Miss Webster reichte mir die Computerlisten. Ich überflog sie kurz.
»Gut«, sagte ich. »Bis später. Was sie noch für mich tun können ...«
»Ja?« sagte Smith.
»Kriegen Sie raus, wo sich die Herren, die auf dieser Liste stehen«, es war die mit den Namen von Männern in der People's National Party und in Konkurrenzfirmen, »am Morgen des siebzehnten September befanden. Das könnte meine Arbeit erleichtern. Geld und Spitzenkräfte, das herauszubekommen, haben Sie ja. Guten Tag.«
»Mädchen«, sagte *Shotgun* Smith, »der Mann ist rauh. Was hältst du davon, ihn in unsere Firma aufzunehmen?«
»Viel«, sagte sie und schenkte mir ein bezauberndes Lächeln. »Wir sehen uns später.«

> *Pass the broom pon de right,*
> *Give me the shovel for the left.*
> Josey Wales

Donna, Valerie und Prento hatten in dem Restaurant angerufen und Nachrichten hinterlassen.

»Sie machen uns glatt zu einer Außenstelle Ihrer Firma«, sagte das Mädchen hinter dem Tresen. »Sie sind ein vielverlangter Mann.«

»Der *Herr* segnet die, welche in Lumpen einhergehen«, sagte ich und gab ihr zwanzig Dollar, »aber der Teufel macht die Lumpen.«

Valeries Mitteilung lautete: »Nicht unwichtiger Durchbruch. Sechs Uhr, Duke Street.«

Donna mußte sich mit ihr kurzgeschlossen haben, und Prento »schwamm«, wie er ausrichten ließ, »unter Haien und Barrakudas zwischen den Riffen« und würde uns gern »zu Red Snapper einladen«. Er riefe am späten Nachmittag im Büro an.

Ich bestellte ein kaltes Bier und Sandwiches und studierte die Computerausdrucke. Die Namen, auf die ich stieß, sagten mir nichts, und ein *Tiny* befand sich auf keiner der Listen.

Zu meiner großen Überraschung erschien nicht Ray *Shotgun* Smith als erster, sondern es war Miss Webster, die pünktlich, nun in grauem Flanellrock und roter Bluse, eine große Stricktasche über der Schulter, in der Tür stand, mich anstrahlte, zum Tresen ging, zwei Red Stripe orderte und bezahlte, sich zu mir setzte, eine Flasche über den Tisch schob und mir zuprostete.

»Ich habe Ray überreden können, im Büro zu bleiben und abzukühlen, statt herzukommen und Ihnen ins Messer zu laufen.«

»Ins Messer laufen?« fragte ich amüsiert.

»Mister Fraser«, sagte sie, ernst werdend, »Sie haben Ray

völlig verwirrt. Sie haben es ihm vielleicht nicht ansehen können ...«

»Doch, das habe ich«, unterbrach ich sie. »Ich wollte ihn lediglich ein wenig ... nackter, unkontrollierter.«

»Kratz einem unserer neuen, erfolgreichen Geschäftsleute das Fell, und der alte Kriminelle und Killer kommt zum Vorschein«, sagte Miss Webster erregt. Wie mich das ankotzt!«

»Wenn du dich mit einem Hund niederlegst, wachst du am nächsten Morgen mit seinen Flöhen auf«, zitierte ich. »Sie gehören nur einer anderen Generation von Kriminellen an, Sie begehen Ihre Verbrechen am Computer, und ich glaube, Sie haben einen günstigen Einfluß auf Walker und Co ausgeübt ...«

»Wir begehen keine Verbrechen!« protestierte sie.

»In Ordnung, Schwester, in Ordnung«, beruhigte ich sie. »Wir sind nicht hier, über den Übergang vom Früh- zum ausgewachsenen Kapitalismus zu diskutieren. Was treibt Sie her?«

»Ray war kurz davor, Sie umzubringen«, sagte sie.

»Was hat ihn denn so aufgeregt? Mein loses Maul?«

»Das hat er, wider Willen natürlich, bewundert. Aber daß Sie es geschafft haben, diese Klingen in das Allerheiligste zu schmuggeln ... Mit denen zwischen Zeige- und Mittelfinger, sagte er, hätte der *Bumbo-claat* von Schnüffler uns im Nu die Halsschlagader durchtrennen können! – Das hat ihn ganz schön fertiggemacht!«

»'n alter Zirkustrick«, sagte ich. »Aber kommen wir zum Geschäftlichen.«

»Sie sind ein harter Bursche«, sagte sie. »Ich kann hier nur in meinem Namen sprechen. Also: Ich bin absolut davon überzeugt, daß keiner von Jamesies Freunden in der Firma ihn umgebracht hat oder hat umbringen wollen. Sie hätten sich für ihn in Stücke schneiden lassen. Zudem haben wir alle ein Alibi ...«

»Das besagt gar nichts«, unterbrach ich sie.

»O doch«, widersprach sie, »und ich sag Ihnen auch, warum. Als ich in die Firma eintrat, befanden sich James, Ray und

Carl noch in der Phase, in geschäftlichen Auseinandersetzungen nackte Gewalt anzuwenden. Sie hätten diese ... Jüngelchen sehen sollen in dem Büro, das sie ja nun kennen – reichlich Rum intus, Joints zwischen den Fingern –, wie sie hier und da ernstlich erwogen, bestimmte Konkurrenten mit Hilfe von Mietkillern aus dem Wege zu räumen. Da rufen wir nur in Miami den ... Dingsbums an, und der kommt, mit astreinen falschen Papieren versehen, am nächsten Tag, tut seinen Job mit seiner Zweiundzwanziger, und am nächsten Tag ist er – mit anderen Papieren – wieder zu Hause. – So etwas diskutierten die ganz im Ernst, wie kleine Jungs, die Räuber und Gendarm spielen – sie haben drei Viertel ihres Lebens ja nichts anderes getan – oder Bonnie und Clyde oder Al Capone oder Rhygin oder was sie sonst noch so an Vorbildern hatten ...«

»Sie wollen damit sagen, Miss Webster, daß allein die Tatsache, daß Walker aus nächster Nähe und mit seiner eignen Knarre umgelegt worden ist, die Unschuld Ihrer ... Vorgesetzten und Geschäftspartner beweist?«

»Ja, allerdings«, sagte sie.

»Und wenn die nun einen Killer oder eine Killerin beauftragt haben, exakt eine falsche Spur zu legen? So daß es nach einer privaten Auseinandersetzung aussah?«

»Sie kennen diese Männerfreundschaften nicht«, protestierte sie. »Manchmal kam ich mir – als Frau – vor wie eine Ethnologin unter Wilden.«

»Sie meinen, keiner hat Ihnen unter den Rock gefaßt?« fragte ich grob.

»Ich sag Ihnen, je mehr die sich bemühten, das Vieh, den Macho, rauszukehren, desto mehr verdrängten sie ihre latente Homosexualität«, erwiderte Miss Webster ernst.

»Bleiben Sie mir bloß mit diesen Readers-Digest-Versionen von Psychoanalyse vom Hals«, knurrte ich.

»Oh, halten Sie doch den Mund!« versetzte sie verärgert. »Sie wissen so gut wie ich, daß diese Art von Männern eine Heidenangst vor richtigen Frauen hat, daß ...«

»Walkers seltsames Hobby war Ihnen also bekannt?«

»Selbstverständlich«, erwiderte sie böse. »Wenn ich versucht hätte, mich breitbeinig, mit geschürztem Rock und ohne Höschen auf seinen Schreibtisch zu legen, hätte er was von Kater oder plötzlichem Unwohlsein gefaselt; und hätte ich mit einer Binde vor seiner Nase herumgewedelt, er wäre kreischend geflüchtet!«

»Sie haben es also versucht?« provozierte ich sie.

»Ich?« Sie lachte. »O nein! Dafür war James mir zu schön und zu hohl.«

»Und bei den anderen?«

»Die sind nur sein Abklatsch, Mister Fraser. Nein, ich verspüre kein Verlangen nach Männern, die ihre Schwänze wie Revolver vor sich her tragen, ihre Urängste zu verbergen.«

»Und warum arbeiten Sie dann mit ihnen zusammen?«

»Ganz einfach, Mister Fraser, ich verdiene in meinem Job ebensoviel wie ein Abgeordneter, und das mit sauberer Arbeit. Und ich habe zwei Töchter. Genügt das?«

»Das genügt.«

»Sprechen wir also vom Geschäft«, sagte sie nach einer Weile. »Ray und Carl haben schon kurz nach James' Tod eine Liste ihrer direkten Gegner aus den späten Siebzigern und frühen Achtzigern erstellt. Ein Drittel ist tot, umgelegt von der anderen Seite oder der Polizei, etwa ein Drittel ist in England, Kanada oder in den Staaten, davon wiederum die Hälfte im Knast, und das letzte Drittel hat mehr oder weniger bombensichere Alibis. Zudem gehen auch Ray und Carl davon aus, daß kein politisch motivierter Don oder Rankin einen Mord so begeht oder begehen läßt, daß er wie Selbstmord aussieht. Im *Tit-for-tat*-Geschäft muß die Leiche eine deutliche Sprache sprechen. Der Kadaver muß sagen: Paßt bloß auf!«

»All diese Erwägungen, Miss Webster, haben meine Mitarbeiter und ich längst angestellt. Was uns in einer bestimmten Richtung recherchieren läßt, ist die *deutliche Sprache* des Kadavers: Er lag also am Strand herum, und im Umkreis von zwei Meilen hielt sich keine Menschenseele auf ...«

»Sie meinen, da gab es nicht die üblichen Pulks von Neugierigen und Leichenfledderern?«

103

»Genau.«

»Das ist allerdings sehr verdächtig«, sagte sie eher zu sich selbst.

»Haben Ihre Chefs daran gedacht, ihre früheren politischen Partner zu überprüfen, jene Dons, mit denen Walker einst Hand in Hand gearbeitet hat, in PNP-Hochburgen Terror zu verbreiten?«

»Soviel mir bekannt ist, nicht.«

Miss Webster wirkte auf einmal zurückhaltend.

»Mister Fraser? Telefon!« rief das Mädchen hinter dem Tresen.

»Sie entschuldigen«, sagte ich und stand auf.

Miss Webster rührte sich nicht.

Prento war am Apparat.

»Ich muß dich unbedingt sehen«, sagte er. »Es eilt. Ich glaube, ich hab einen Durchbruch erzielt.«

»Im Büro«, sagte ich schnell. »In einer Stunde. In Ordnung?«

»Ja.« Er hängte auf.

Ich zahlte, gab ein gutes Trinkgeld und ging hinüber zu meinem Tisch.

»Ich muß gehen«, sagte ich. »Man verlangt nach mir. Ich schicke morgen meine Mitarbeiter. Ich ruf Sie an, um mitzuteilen, wo das Treffen mit Ihren Chefs und Mitarbeitern stattfinden wird.«

»Mitarbeiter!« Miss Webster lachte. »Sie sind ein Blender, weiter nichts. Sie haben ebensowenig Mitarbeiter wie ich Aktien der National Commercial Bank. Wir haben, lange, bevor Sie bei uns auftauchten, Erkundungen über Sie eingezogen.«

»Liebste Miss Webster«, sagte ich, *»honeybun,* sehen Sie, darum trau ich weder Ihrem Computer noch den robusten Recherchemethoden Ihrer Chefs. Wenn Sie etwas sorgfältiger nachgeforscht hätten, wüßten Sie, daß ich bei schweren Fällen freie Mitarbeiter beschäftige. Die besten, die ich in unserer Branche bekommen kann. Miss McFarlane und Mister Campbell, die Ihnen morgen Löcher in den Bauch fragen werden, erhielten in Florida beziehungsweise England ihre Spezialausbildung.«

Ich erhob mich.

»Meine Firma, *sugarpie*«, schloß ich, sie noch mehr zu beleidigen, »ist für jede Art von Überraschungen gut. Ich empfehle mich. Küssen Sie Ihre Töchter von mir, und wenn Sie noch eine haben wollen, stellen Sie in meinem Büro einen Antrag. In dreifacher Ausfertigung. Guten Tag!«

»Raatid!« sagte sie.

Ich ging.

> *And they beat us*
> *And the work was so hard*
> *And they used us*
> *Till they refused us.*
> WINSTON RODNEY

Hast du Recherchen in Fairy Hill Gardens angestellt?«
fragte ich Prento.

Er schüttelte den Kopf.

»Nee, Ross, die Sau, hatte wohl einen Riecher dafür, daß ich
mitnichten an einer Mittelohrentzündung laboriere. Kommen Sie, sagte er, ich bring Sie zum Spezialisten, und fuhr
mich zur Old Hope Road, zum Medical Centre. Wartete
sogar, bis ich durch die Tür verschwunden war. So kostete
mich das Attest glatt acht Concordes!«

Er streckte die Hand aus, ich griff nach der Brieftasche.

Wir hatten es uns in meinem Büro gemütlich gemacht,
nachdem ich ihn gebeten hatte, mit seinem Bericht zu
warten, bis Donna und Valerie kamen. Ich erzählte ihm
von meinen Unterredungen mit Professor Wayne, Anwalt
Clarke, Walkers Mutter und Tante, *Shotgun* Smith und Miss
Webster. Es stellte sich heraus, daß wir unabhängig voneinander denselben Spuren nachgegangen waren, so daß wir
nun unsere Ergebnisse und Listen vergleichen, Unregelmäßigkeiten und verdächtigen Abweichungen auf den Grund
gehen konnten.

»Was mich irritiert«, schloß ich, »ist, daß wir zunehmend
auf Leute und Institutionen treffen, die alle Arten von
Dossiers anlegen. Warum führt Clarke eine Akte über Walker? War *Doubletrouble* sein Klient – oder ein mutmaßlicher
Gegner? Wie kommen die Chefs einer Wach- und Schließgesellschaft an die Daten ehemaliger Parteiaktivisten und
jetziger Konkurrenten?«

»Sie haben wahrscheinlich ihre alten Beziehungen zur Polizei spielen lassen«, sagte Prento und rauchte den Spliff an.

»Und vielleicht«, er kniff die Augen zusammen, »haben sie
die Dienste einer Detektei in Anspruch genommen.«

Ich nickte. »Wir müssen das rauskriegen.«

Er reichte mir die Tüte. Wir hörten, wie die Vorzimmertür geöffnet wurde. Valerie und Donna betraten das Büro, küßten mich rechts und links auf die Wange und strichen Prento übers Haar. Sie setzten sich zu uns.

Prento öffnete seinen Aktenkoffer und holte einen Stoß Papiere und Fotos hervor.

»Die Unterlagen in der Schule sind verschwunden«, begann er. »Der Schreibstubenhengst, der die Archive der Defence Force verwaltet, war nicht einmal mit der Aussicht auf einen kleinen Stapel druckfrischer Greenbacks dazu zu bewegen, sie zu öffnen; sein Stellvertreter fand für mich heraus, daß wichtige Aktenteile über die Männer, welche die Massaker anrichteten, sowie über – und hier wird's spannend! – Walker fehlen; dafür waren meine Nachforschungen in *Doubletroubles* Wahlkreis äußerst ergiebig.«

Er machte eine Kunstpause. Donna sog am Spliff und reichte ihn an Prento weiter.

»Um es kurz zu machen«, fuhr dieser fort, »ich habe eine komplette Liste aller Revolverleute, die Walker damals im Wahlkampf beschäftigte, mehr oder weniger Angaben darüber, was seither aus ihnen geworden ist, eine nahezu komplette Aufstellung der Namen ihrer damaligen Feinde und Gegenüber von der PNP, Fotos einiger Überlebender und, von meinen Gewährsleuten in der Police Force, Vorstrafenregister sowie einen Überblick über Ermittlungsverfahren. Haben wir bestimmte Männer im Visier, kann ich von der Fremdenpolizei eine Aufstellung über Reisebewegungen erhalten, eine Auflistung aller offiziell registrierten Flüge ins Ausland und der entsprechenden Rückkünfte von September bis heute.«

»Toll!« sagte Donna. »Ihr beide habt vorzügliche Arbeit geleistet, aber bis auf den heutigen Tag beruht sie auf nichts als einer These.«

Sie grinste Valerie an. Die ging zum Schreibtisch hinüber, kehrte mit einigen Fotografien zurück und breitete diese auf dem Beistelltischchen aus.

»Die These der Polizei, jedenfalls diejenige, die offiziell

beim Inquest und später vertreten wurde, lautete: Selbstmord. Hier haben wir den Beweis dafür, daß sie falsch ist.«

»Daß Mord vorliegt«, sagte Donna begeistert.

Valerie gruppierte vier Bilder nebeneinander.

»Guckt euch mal diese Fotos an und erzählt mir, was ihr seht.«

Prento und ich beugten uns über den Tisch und verglichen die Bilder.

»Scheiße!« sagte ich.

Sagte Prento fast gleichzeitig.

»Nicht wahr, jetzt seht ihr es auch?« Valerie lächelte uns stolz an. »Hier«, fuhr sie fort, »Auszüge aus den bei den Akten befindlichen Aussagen eines gewissen Dean Campbell, seines Vorgesetzten Ross und aus dem Obduktionsbericht: Die linke Hand ist halboffen und liegt neben dem Oberschenkel. Der rechte Arm ist vom Körper abgewinkelt, neben der Hand eine Neun-Millimeter Firebird ... Terum, terum, terum, hier: Schmauchspuren in der rechten Hand beweisen, daß ... und so weiter und so fort. Hier aber, auf den Fotos, die wir von Walkers Muttchen haben: Walker unterschreibt die Heiratsurkunde. Mit der linken Hand! Walker mit seiner Lieblingsschrotflinte, auf Tontauben zielend. Mit links! Walker trägt sich in das Beileidsbuch anläßlich der Beerdigung eines JLP-Revolvermannes ein. Mit links! Und so fort.«

»Und niemandem fiel das auf?« fragte Donna.

»Uns«, erwiderte Prento, »nicht. Und ich habe diese Fotos noch nie zu Gesicht bekommen. Aber ich habe andere gesehen.«

»Vielleicht ist es deinem Vorgesetzten Ross aufgefallen, und darum hat er versucht, die Witwe unter Druck zu setzen?« fragte ich. »Eine kleine Yacht wollte er.«

»Ein bescheidener Junge«, sagte Prento. »Der fällt immer die Leiter rauf, und ich ...«

»Okay«, unterbrach ich ihn. »An die Arbeit! Nun vergleichen wir die Listen, die von Prento und die von *Safe & Sound*«.

Dies nahm den ganzen Nachmittag, dann, nach einem Snack

an der Ecke Harbour Street, den Abend und die halbe Nacht in Anspruch. Die größte Auffälligkeit im Vergleich der Listen war wiederum das, was fehlte. *Shotgun* Smith hatte ihn nie erwähnt. In Prentos Liste war er Nummer zwei. Ein gewisser Buster *Fitsy* McLean. Er war der einzige Vertraute Walkers in der Schule, in der Armee und in der Zeit politischer Betätigung, der nicht auf der Lohnliste der Firma vertreten war. Er war zur Zeit – zusammen mit dem PNP-Revolverhelden Bogle – Staatsfeind Nummer eins und wurde mit hohem Kopfgeld gejagt. Wegen Mordes in elf Fällen, zahlreichen Überfällen und Vergewaltigungen.

»Keith Buster McLean«, las Prento noch einmal, »geboren am elften September fünfundvierzig, fünf Fuß, vier Zoll …«

»*Tiny!*« rief Valerie.

Wir verglichen das Fahndungsfoto mit einem vergilbten Bild, das *Doubletrouble* mit einem kleinen, listig aussehenden Burschen zeigte.

»Er ist es, definitiv«, sagte Donna.

»Aber warum *Fitsy?*« fragte ich.

»Besondere Kennzeichen«, las Prento, »Narbe über der rechten Augenbraue, vereinzelt auftretende Anfälle von Epilepsie.«

»Walkers bester Kumpel – der meistgesuchte Mann der Insel«, sagte ich, »und Walkers rechte Hand, der ehrenswerte Mister Smith, erwähnt ihn nicht einmal.«

Ehrenwert. Folgte man den internen Polizeiakten, wurde er für etwa zwölf Morde verantwortlich gemacht, Carl *Blizzard* Blake für vierzehn; sie und die nächst Höheren in der Firmenpyramide – Peter *Tremble* Alister zehn, George *Turfie* Burke acht, Lester *Bones* Miller acht, Kenneth *Jah P.* (nicht *Jah T.,* wie sich Miss Rettleford zu erinnern glaubte) Taylor sechs mutmaßlich Morde – waren wie Walker und andere nie vor Gericht gestellt worden, konnten als *resozialisiert,* ja, nach Professor Waynes Meinung gar als *vorbildlich* gelten. Sie hatten den Absprung geschafft. *Fitsy* McLean nicht. Warum nicht?

Wir ließen besser die Finger von der Sache. Denn die Auflistung der ehemaligen Gegenüber von Ostkingston zeigte ähnliche Fälle von politisch motivierter notorischer Delinquenz.

Irgendwo in dieser Schlangengrube befand sich wohl der Mann, der Walker umgebracht und den Mord als Selbstmord inszeniert hatte. Und er mußte *Doubletrouble* nahegestanden haben. So nahe, daß er so nahe an ihn herangehen und ihn mit dessen eigner Waffe umlegen konnte.

Am nächsten Tag knöpften Prento und Valerie sich die gesamte Führungsspitze der Firma *Safe & Sound* vor. Am 6. März erfuhren wir über Prentos Bekannten bei der *Immigration,* daß *Fitsy* McLean mit neunundneunzigprozentiger Wahrscheinlichkeit seit einem Jahr in Miami wohnte. Über einen von Prentos Freunden in der Polizeiführung bekamen wir heraus, daß aus diesem Grund die Fahndung auf Eis gelegt worden war.

Ein Bundesbeamter in Florida versicherte Prento am Telefon, seine Behörde habe keinerlei Interesse daran, *Fitsy* auszuliefern. Seine Vergangenheit sei bekannt. Er spiele keine Rolle im Drogenhandel. Die jamaikanische Polizei habe keinen Auslieferungsantrag gestellt.

So war auch diese Spur eine Fehlanzeige.

Dem ah fool, dem ah half-idiot
Some a dem ah pose up
And ah gwaan lak dem a big shot.
CUTTY RANKS

Prento mußte zurück nach Portland. Sein Vorgesetzter
hatte nach ihm gefragt. Die Mittelohrentzündung müßte
doch verheilt sein.

Ich heuerte einen Kollegen an, der mir noch etwas schuldig
war, und wir gingen mit Fotos der Firmenleitung *Safe &
Sound* zum Pegasus Hotel, die Alibis für den Tattag zu
überprüfen. Der Personalmanager suchte die Dienstpläne
für den sechzehnten und siebzehnten September vergangenen Jahres heraus, nannte uns die Namen und Adressen der
Mitarbeiter, die seither gekündigt hatten oder gekündigt
worden waren, und brachte uns mit denen in Verbindung,
die noch in Lohn und Brot standen.

Es war, wie ich es mir vorgestellt hatte. In den Festsälen des
Hotels fanden ständig irgendwelche Bankette, Arbeitsessen,
Preisverleihungen, Hochzeiten, Firmenjubiläen statt, so daß
sich kaum einer der Kellner und sonstigen Bediensteten an
die Gesichter erinnerte, die wir ihnen auf den Fotos zeigten.
Fest stand nur, daß Walker selbst den Raum gemietet sowie
Essen und Trinken bestellt hatte. Die Rechnung war später
von Blake per Scheck bezahlt worden.

Mühsame zehn Tage verbrachten wir, dem Verbleib der
ehemaligen Mitarbeiter nachzugehen. Überall die gleichen
Auskünfte.

Am 8. März wurde Jim Brown auf dem May Pen Friedhof
beerdigt, nachdem er im Tivoli Garden Community Centre
aufgebahrt gewesen war, wo der Trauergottesdienst stattge-
funden hatte. Der Oppositionsführer und ehemalige Premierminister Seaga las als erster das Motto aus der Bibel.
Nahezu die gesamte Parteiprominenz war anwesend. Etwa
dreißigtausend Menschen, allesamt Anhänger und Mitglie-
der der Partei, folgten dem Sarg. Die Beerdigung gab Anlaß

für eine Modenschau des Gettos: Die Männer trugen Frack, Smoking oder einen dreiteiligen Sonntagsanzug, die Frauen führten das Neueste in *style 'n' fashion* vor, Chiffon und Organza, Satin und Seide, hautenges Stretchmaterial, Minis und Bubikopfperücken. Die Labourites von Westkingston, hieß es im GLEANER, lieferten eine Schau, die eher wie eine Fête in *Uptown* anmutete denn wie das feierliche Begräbnis eines geachteten Mitglieds der Gemeinde.

Der teure Verblichene war einer der Anführer der *Shower Posse,* die laut Aussagen US-amerikanischer Bundesbehörden wegen »Hunderten von Morden, Drogen- und Waffenhandels sowie wegen Raubüberfällen in mehr als einem Dutzend Städte in den USA gesucht wurde«.

Im Juli 1968 soll er in Kingston eine Frau vergewaltigt, im Juni 1972 einen Einbruch begangen haben. 1984 arbeitete er in höherer Position, als im Januar des Jahres sieben Männer mit M-16-Schnellfeuergewehren zwei Männer und einen Jungen in Westkingston umlegten; im gleichen Monat sollen Jim Brown und seine Kumpel sechzehn Männer, Frauen und Jugendliche zusammengetrieben haben; er forderte sie dann auf, sich auf die Erde zu legen. Einige entkamen. Vier Männer, darunter ein fünfzehnjähriger, wurden ermordet. Im Juni 1987 wurde Lester Coke alias Jim Brown freigesprochen: Zeugen waren verschwunden, »erinnerten sich nicht mehr«, widerriefen vor Gericht ihre früheren Aussagen. Im Mai 1984 führte Brown eine Bande von siebzig bewaffneten Männern an und in Rema eine Razzia mit ihnen durch: Sieben »Abtrünnige« der Labour Party wurden dabei erschossen. Zwei Jahre später wurden zwei der *Posse* zum Tode verurteilt; Jim Brown, der per Haftbefehl gesucht wurde, vergnügte sich derweil in Luxushotels, bei Pferderennen und Old-Hits-Parties. Im Oktober 1984 verließ er mit falschen Papieren die Insel; beim Prozeß im Juli 1987 mußten er und seine Leutnants freigesprochen werden, nachdem eine Kronzeugin umgefallen war. Als das Urteil bekannt wurde, feuerten andere Bandenmitglieder in Gerichtsnähe mit Pistolen und Schnellfeuergewehren Salutschüsse in die Luft ab. Bis kurz vor seinem Tod war Brown ein Wohltäter der Gemeinde, ein *Pate,* wie er im Buche stand.

Im Fernsehen fragte ein JBC-Reporter Expremier Seaga: »Genießt Jim Brown Immunität wie ein Politiker?« Der wies mit dem spitzen Finger auf ihn und fauchte: »So lange, wie Sie und Ihresgleichen weiterhin an einen Mann mit Vergangenheit denken und nur an diese Vergangenheit, solange werden Sie dumme Fragen stellen wie diese!«

Am Abend des riesigen Begräbnisses, das an eine Staatszeremonie erinnerte, saßen Valerie und ich auf der Veranda eines heruntergekommenen Hauses an der Mountain View Avenue und warteten auf die Rückkehr eines hübschen jungen Mannes, der vor einem halben Jahr von seinem Vorgesetzten im Pegasus Hotel gefeuert worden war. Ihm war ständige sexuelle Belästigung von Mitpersonal und weiblichen Gästen vorgeworfen worden; er selbst stellte den Kündigungsgrund jedoch als politischen dar.

»Wissen Sie«, sagte er, nachdem wir uns eine Viertelstunde unterhalten und dabei einige kalte Biere getrunken hatten, »so geht das eben: In den Jahren, in denen wir dran waren, traten wir den PNP-Ärschen weiß Gott wohin, und jetzt sind die am Ruder und feuern uns. Ist doch ganz einfach.« Er kratzte sich an der Wange und lockerte dann die weinrote Schleife, die er zum weißen Smoking trug.

»Mann, das war 'n Begräbnis!« schwärmte er. »Man hätte meinen können, der *Great Deliverer* selbst hätte den ihm gebührenden Platz im Himmel gefunden.«

Auf Walker und seine Firma angesprochen, geriet er ins Schwärmen.

»Damals haben wir noch den Kommies und Sozis ihre Grenzen gezeigt! Walker war einer von den ganz Großen. Und dann«, ein spitzbübisches Lächeln senkte Grübchen in seine Wangen, »hat er den Absprung geschafft. Klar erinnere ich mich an das Bankett im September. Aber da ist er ja nicht aufgetaucht. 'n Tag später war er tot. Ja. Nich'?«

»Ja«, sagte Valerie. »Und Sie erinnern sich noch genau an den Abend?«

»Aber klar.« Claude Brady, der Exkellner griente. »Passiert

doch nich' jeden Tag, daß man die Helden seiner Jugend von so nah ... Ich mein, da hab ich sie mir doch alle gleich vorgeknöpft: *Shotgun, Blizzard, Turfie* und all die Jungs. Und dann die Tussy von Walker ... Raatid! Danach leckt sich doch einer wie ich alle zehn Finger. Hat sie auch gemerkt. Und mich nach Hause gefahren, morgens«. Sein Gesicht verdüsterte sich. »War aber nix, hat mich nur hier abgesetzt.«

»Seine Frau?« fragte ich.

»Quatsch«, sagte er. »Seine Tussy, die wo für ihn arbeiten tut. Bildhübsche Muschi, das, und hell wie 'n Blitzlicht!«

»Miss Webster?«

»Ja, so hieß se. Richtig gebildet, Uni un' so. Aber tanzen konnte die; da ging einem gleich was in der Hose ab, so konnt' die ihr Becken kreisen lassen!«

»Sie hat Sie also hergefahren und ist dann weiter?«

»Ja. Leider. In 'n Osten.«

»Osten?« fragte Valerie.

»Hat se gesagt. Ich, ich mein dies hier, das läg' ja auf ihrem Weg.«

»Sie ist also die Mountain View wieder runter und in Richtung Osten gefahren?« In mir kribbelte es. »Wann war das?«

»Etwa so halb drei, drei, da war die Party so langsam vorbei. Fast alle besoffen. War 'n tolles Fest!«

»Und wohin im Osten sie gefahren ist, hat sie Ihnen nicht gesagt?« fragte Valerie vorsichtig.

»Nee, hat se nich'. Wird wohl ihr Liebesnestchen gewesen sein, denk ich mir. Hab so was läuten hör'n, daß er so was noch hat, in sei'm alten Wahlkreis. War schon 'n Leckermaul, der alte *Doubletrouble.* Der ließ kein' Braten anbrennen. Und immer hübsche junge Dinger.«

Brady versank in Gedanken.

»Haben Se noch 'n Bier? Ich hab 'nen schönen Brand. Nach *dem* Begräbnis.«

»Was für einen Wagen fuhr Miss Webster?« fragte ich.

»Toyota, so 'nen dicken, dunkelrot, mit 'nem feinen Soundsystem drin.«

Wir standen auf.

»Danke für die Auskünfte! Vielleicht melden wir uns wieder«, sagte ich.

»Ja, das tun Sie mal. Is' 'ne irre Sauerei, daß se den plattgemacht haben. Für den genügt 'n Galgen nich', für den Mörder, dem müßte man die Haut in Streifen vom Leib schneiden!«

»Wir tun unser Bestes, ihn zu finden«, sagte Valerie. Sie kramte in ihrer Handtasche.

»Hier«, sagte sie. »Holen Sie sich noch ein paar Bier. Sie haben uns sehr geholfen.«

»Keine Ursache«, sagte Brady. Er bog sich zurück und gähnte. »Das waren Zeiten«, sagte er noch.

> *If you are a big tree*
> *We ware the small axe*
> *Sharpened to cut you down*
> *Ready to cut you down, oh yea!*
> BOB MARLEY

Shotgun, Blizzard, Turfie und all die Jungs wußten vor-
geblich nichts von einem *Liebesnest* im Osten Kingstons oder
in Port Royal; Miss Webster war dienstlich in die Staaten
geflogen und wurde nicht vor dem 20. März zurückerwartet.
Am fünfzehnten kündigte Premierminister Michael Manley
seinen Rücktritt aus Gesundheitsgründen an.

In der Nacht darauf hielt ich Valerie im Arm. Sie wurde von
Weinkrämpfen geschüttelt und trank Unmengen Rum, nur
mit Wasser verdünnt. Sie erzählte mir von der ungeheueren
Aufbruchstimmung, die zwischen 1972 und 1979 in der
Parteijugend geherrscht hatte, von ihren Hoffnungen auf
einen *demokratischen Sozialismus,* von den Kampagnen, an denen sie teilgenommen hatte, von Manleys begeisternden Reden, von der *von der CIA und den einundzwanzig Familien*
organisierten Konterrevolution, die überdeutlich an Chile in
den Allende-Tagen erinnerte, aber auch von der unglaubli-
chen Vetternwirtschaft, die es mit sich brachte, daß bei der
Landreform Grund und Boden nur an unfähige Parteigänger
verteilt wurden und fähige und willige Bauern, die Anhänger
der Opposition waren, völlig leer ausgingen; sie erzählte von
der *kämpferischen Solidarität* mit Kuba, Grenada und Nika-
ragua, von den Versprechungen, die nach dem West-minster-
Modell funktionierende unfaire Demokratie durch eine Basis-
demokratie abzulösen, von den zunehmend schärfer werdenden Auseinandersetzungen mit den Labourites, von den Front-
linien, die quer durch Familien gingen, von Opfern, Verfol-
gung und von Nächten, die in der Unterstadt Kingstons unter
Betten, in Kellern, hinter Sandsäcken verbracht wurden, von
den vielen Toten in den Wahlkämpfen, die zu Schlachten
wurden, von dem Krieg, der unser kleines Land zu einem
Libanon im Hinterhof der USA zu machen drohte.

Sie schlief erst ein, als alles ausgesprochen und nichts ausgelassen war, als die Zunge bleiern wurde, als der Rum sich in ein gnädiges Anästhetikum verwandelte; und den ganzen nächsten Tag verbrachten wir im Bett.

Ich kochte, bereitete Ganjatee und hörte zu.

Es war mir klar, daß es nicht die Niederlage war, die sie schmerzte, sondern daß die gebrochenen Versprechen der Parteiführung, ihre *Reinigung* in den Achtzigern, die Kehrtwendung von Manley und anderen ihr weh taten, das Einschwenken auf die Linie von Weltwährungsfonds und Weltbank, die Fortsetzung konservativer Politik unter sozialdemokratischen Vorzeichen.

»Niederlagen sind gelebte Erfahrungen«, sagte sie am Abend. »Niederlagen tun nichts zur Sache. Sie wollen nur verarbeitet werden.« Sie wurde ruhiger. »Was mag *Joshua* in stillen Nächten denken?« fragte sie sich laut. »Fällt es ihm wirklich so leicht, die Lüge zu leben? Wie locker er bei der Pressekonferenz wirkte! Und wie müde! Aber fehlt ihm wirklich nur ein Drittel der Lunge? Nicht auch ein Drittel des Gehirns und die Hälfte des Herzens? Muß man, wenn man die Mittel des Gegners benutzt, wirklich werden wie er?«

Ich beneidete Valerie um ihre Erfahrungen.

In der Zeit, in der sie aktiv in der Politik war, lief ich blind und angepaßt herum, ein *vielversprechender* Polizist mit der richtigen Mischung aus Zynismus und Karrierebewußtsein. Ich verdiente wenig, gewiß, aber das machte ich, wie viele meiner Kollegen, wett, indem ich dienstrangbewußt meinen Anteil am Ganjageschäft einklagte, notfalls mit Gewalt. Ich machte mir keine Gedanken darüber, wem dies Gesetz, dem ich zu dienen und nutzen hatte, diente, wem es nutzte. Meine soziale Abseitsstellung – niemand in Jamaika liebt die Polizei – kompensierte ich, indem ich als Leiter der *Police Youth Clubs* massenhaft Mädchen in mein Bereitschafsbett auf der Wache holte. Ich zeigte so viel Mut, wie mir angebracht erschien, und wenn, dann nur, wenn Vorgesetzte zuschauten. Sie lohnten es mir. Ich wurde zur Vervoll-kommnung meiner Fähigkeiten nach England geschickt, und erst dort, im Kontakt mit der *Black-Consciousness*-Bewegung, entdeckte ich meine Identität.

Was dazu führte, daß ich meiner Rolle als Polizist entwuchs. Niemandes Herr sein, niemandes Knecht, sagte ich mir damals. Und endete, wie ich mir nun sagte, als ein kleiner Schmierlapp von Privatdetektiv, der gut dafür bezahlt wurde, den Mörder oder die Mörderin eines Mannes zu finden, der alles Schlechte in unserem Land verkörpert hatte.

Im Grunde verdient der Mörder einen Verdienstorden und nicht, daß man ihn jagt, befand ich, halbbetrunken auf der Kante des Bettes sitzend, in dem Valerie den Schlaf einer Genesenden schlief.

Als ich am nächsten Morgen erwachte, schien die Sonne mir ins Gesicht, stand das Frühstück auf dem Beistelltisch neben dem Bett, saß Valerie in ihrem neuen Hosenanzug aus Rohleinen in dem Sessel davor, und ich hatte Mühe, ihr meine Skrupel zu schildern.

»Ich steh heute nicht auf«, sagte ich, schlürfte Grapefruitsaft und blinzelte ihr verschlafen zu.

»Wetten, daß?«

»Wette!« rief ich und streckte die Handfläche aus.

»Ich habe schon einen Anruf entgegengenommen«, sagte sie und löffelte ihr pflaumenweiches Ei, »und wenn du nicht weitermachst, mach ich weiter. Wir kommen auch ohne dich aus.«

»Du hast sie wohl nicht mehr alle«, protestierte ich und stopfte mir eine Gabel geschmorten Chinakohls in den Mund. »Damals habt ihr's nicht geschafft, aber so 'nen schlappen Expropriateur wie mich expropriiert ihr. Nee, nee«, sagte ich, »heutzutage ist beinharter Manchesterkapitalismus angesagt. Der Freie Markt ist der liebe Gott, der Unternehmer sein Prophet. Untersteh dich, mir meine gutgehende Detektei unterm Arsch wegzuklauen!«

»Foster hat angerufen«, unterbrach sie mich. »Rat mal, wer gesehen wurde?«

»Hä?«

»Buster McLean, im vorigen Jahr, in der Festivalnacht im Nationalstadion! Und der Gewährsmann schwört, daß Walker und er sich stritten.«

Ich schoß im Bett hoch.

»Festival? Aber das war im August, und im September …«
»Also war er zumindest damals nicht in Miami.«
»Sondern ist mit falschen Papieren zurückgekommen …
Hoppla«, sagte ich, »die Bundesbehörden in den Staaten
haben keinen Auslieferungsantrag gekriegt, aber hier läuft
– zumindest offiziell – die Fahndung nach ihm. Also müssen
auch andere ihn gesehen haben.«
Ich kaute schneller und schluckte den Rest des Pop-Chow
hinunter.
»Ruf Smith, Blake und Companie an! Ich will mit ihnen
reden. Heute! Ich hab es satt, mir ihre Lämmergesichter
anzugucken und ihre Lämmerreden anzuhören! *Aber wir doch
nicht! Wir waren doch die besten Freunde!* Da können wir 'nen
Scheiß drauf geben. Zur Zeit läuft ein Prozeß, in dem eine
Dreiundsiebzigjährige und ihre höchst angesehenen Kinder
beschuldigt werden, dem Ehegespons und Vater mit dem
Porzellandeckel der Wasserspülung den Schädel eingeschla-
gen und ihm mehr als zwei Dutzend Eispickelstiche in den
Hals verpaßt zu haben. Ich traue niemandem mehr.«
Ich sprang aus dem Bett.
»Eh, eh, so läuft das nicht«, sagte Valerie. »Ich streike. Ich
habe die Nase voll. Ich hab es satt, daß du dir von der Stadt
und dem Fall deine *Natur* kaputtmachen läßt!«
Sie zog sich aus, schubste mich in die Kissen, und wir
genossen einander.
»Das nenn ich ein gutes Frühstück«, sagte ich danach befrie-
digt. »Zigarette?«
Valerie schüttelte den Kopf.
»Ja«, sagte sie langsam, »gleich fühl ich mich besser. Noch
eine Runde, und wir gehn an die Arbeit.«
Aber da klingelte das Telefon.
Prento war in der Leitung, sagte, er habe, wie versprochen,
seine Recherchen in den Fairy Hill Gardens abgeschlossen,
und: »Rat mal, wer am sechzehnten September, abends, in
der Nähe von Winniefred Beach gesehen worden ist?«
»*Tiny,* Keith Buster *Fitsy* McLean?« fragte ich mit unhör-
barem Fragezeichen.
»*Bumbo!* rief Prento. »Ihr seid schnell. Richtig!«

fi de yout
a de ghetto
dere's a tin line
between freedom
an jail
OKU ONUORA

In den guten alten *Who-dunnit*-Geschichten versammelt der
Held – ein Bursche aus *gutem Hause* – die Verdächtigen eines
Falles im Kaminzimmer des herrschaftlichen Gutes auf dem
Lande, in dem die mysteriöse Mordserie stattfand, saugt an
seiner Bruyèrepfeife und treibt den Täter mit gezielten
Fragen in die Enge; der holt den Derringer aus dem Ärmel –
was des Detektivs Vermutungen zur Gewißheiten macht –
und ist geliefert.

Ich hatte nur Namen und Fotos des Mannes, der aller
Wahrscheinlichkeit nach am 17. September vergangenen
Jahres James *Doubeltrouble* Walker umgelegt hatte, und es
war der Name des Mannes, der als *Staatsfeind No. 1*
offiziell gesucht wurde – mit einem Kopfgeld von fünftausend Jamaika-Dollar, also knapp zweihundert US
heutzutage. Eine Summe, für die kein Mensch in Jamaika
– einem Land, in dem Kronzeugen am laufenden Band
ermordet, gefoltert, bedroht, umgedreht werden – zur
Polizei laufen würde. Ich hatte seinen Namen, sein Foto
und nun auch eine Aussage, daß er Walker knapp sechs
Wochen vor dem Mord bedroht haben sollte. Aber jeder
Eierdieb, der auf sich hält, jede Hühnerbrust, die als Don
und Macho gelten will, pflegt dieses *Ich bring dich um!* auf
den Lippen zu tragen. Das besagt nichts. Aber vielleicht
besagte es etwas bei McLean, der es ja nicht bei seinen
Drohungen hatte bewenden lassen. Selbst wenn die Polizei um dreihundert Prozent übertrieb und ihm jeden
neuen ungeklärten Mord anzuhängen versuchte. Das einzige, was mich immer noch stutzig machte, war die Art
und Weise, wie Walker umgekommen war. Ein Typ wie
McLean pflegt eine andere Art Handschrift: eine Garbe

mit der M 16, quer über den Leib, von unten links nach oben rechts, so wie diese schwere Waffe zu wandern pflegt. Außer bei sehr guten Schützen mit großen Körperkräften. Über die *Fitsy* nicht verfügte.

Es sei denn, die Charaktereigenschaft, die Walkers Tante, Miss Rettleford, ihm primär zugeschrieben hatte, die Hinterhältigkeit, hätte McLean dazu bewegt, eine Spur zu legen, die in eine andere Richtung wies und einen anderen (oder eine andere?) den Hals kosten sollte.

Das klügste wäre, Sybil Walker weitere Dienste zu verweigern, ihr klarzumachen, daß der Mörder ihres Göttergatten mit neunundneunzigprozentiger Sicherheit der meistgesuchte Mann des Landes war, dessen Kopf ihr auf einem Silbertablett zu präsentieren ein Ding der Unmöglichkeit sei – gelang es doch nicht einmal allen Polizisten Jamaikas zusammen, ihn zur Strecke zu bringen.

Aber ich bin kein kluger Mann. Ich bin ein sturer Hund.

Einige Anrufe in Florida ergaben, daß Tiny seit August vergangenen Jahres nicht in seinem Hause gesehen worden war. Anfallende Rechnungen würden von einem bekannten Anwalt bezahlt. Dieser bedauerte, uns nichts über den Aufenthalt seines Mandanten mitteilen zu können. Wer McLean in Jamaika vertreten würde, sei ihm nicht bekannt. Ansonsten: »Die Schweigepflicht. Sie wissen ja«.

Ich wußte nichts. Ich war mir aber im klaren darüber, daß ich mir selbst vormachte, meinem Jagdinstinkt zum Opfer gefallen zu sein. *Wo Ich war, soll Es werden.* So stellte ich Freud von den Füßen auf den Kopf. Und es bereitete mir Freude.

Valerie, Donna und meinem Kollegen Foster ging es ebenso. Wir tagten kurz in meinem Büro und erwogen Vor- und Nachteile. Wie groß war die Chance, den Mann zu finden, den die gesamte Polizei nicht erwischen konnte? Oder wollte? Wir tippten eher auf letzteres.

Wir setzten uns ein Zeitlimit, dann rief ich Walkers Witwe sowie die Mutter an, danach bei *Safe & Sound* und bestellte sie alle zum 1. April – *All Fools Day!* – in Sybils Haus in San San. Fragen beantwortete ich nicht, aber ich beteuerte, den Fall so gut wie gelöst zu haben.

Ich machte meinen Mitarbeitern die Gefahren klar, alle drei aber bestanden darauf, bei der Suche behilflich zu sein.

»Angenommen, wir finden ihn«, sagte Bill Foster, ehemaliger Polizist wie ich, ein zäher Bursche von Mitte Vierzig, tiefschwarz mit einer arabisch gebogenen Nase, immer elegant gekleidet, »ich will in dem Zusammenhang auf keinen Fall namentlich auftauchen. Ist das klar?«

Ich nickte. Wer den *Staatsfeind No. 1* zur Strecke bringt, hat viele Feinde, oft gefährliche, und der Hinweis der Bullen auf »diskrete Behandlung von Zeugenaussagen und Informationen« ist eh einen Fliegenschiß wert. Es ist der Schnabel, der den Hahn letztendlich umbringt.

Wir hatten noch etwa zehn Tage.

Zehn Tage kämmten Valerie und ich Franklyn Town, Passmore Town, Springfield, Norman Gardens und Vineyard Town durch, Foster und Donna Rockfort, Harbour View, Port Royal und die berüchtigten Wareika Hills, wo sich in den Siebzigern die Gunmen zu verstecken pflegten. Wir stießen auf jene berühmte Mauer des Schweigens, für die sonst Napolitaner und Sizilianer bekannt sind. Aber Schweigen ist immer vielsagend, und wir waren trainiert, die Nuancen des Schweigens zu verstehen und zu interpretieren. Es schien sicher, daß *Fitsy* McLean sich zumindest im Oktober, November und Dezember in August Town herumgetrieben und versteckt haben mußte, im Januar und Februar war er auf der Wareika Road einwandfrei identifiziert worden. »Kennst du mich, Junge?« soll der Mann in Fallschirmjägeruniform gefragt haben. Unter seiner Jacke seien unschwer Munitionsgurte zu ahnen gewesen. Und der »Junge«, ein Mann in den Dreißigern, Bäcker und *Patty*-Verkäufer, hatte sich beeilt, »No, *Sah*«, zu antworten und davonzuradeln, im Nacken dies kribbelnde Gefühl, eine Zielscheibe zu sein. Der »Junge«, er weigerte sich, uns seinen Namen zu nennen, bestand noch immer darauf, den Schwerbewaffneten nicht erkannt zu haben, seine Schwester und Tante dagegen versicherten lachend, gerade dies Nichterkennen sei der beste Beweis. Und schließlich lebte der Bruder und Neffe noch. Das Nichterkennen ist oft die beste Lebensversicherung. In einer Kneipe aber hatte der Bäcker geprahlt und sich der Freundschaft des Gesuchten gerühmt.

Der Osten Kingstons und Port Royal waren Michael Manleys Wahlkreis. Er war mit einer Marge in das Gordon House gekommen, die einem Mann seines Ruhms und Status kaum entsprach. Das aber war nur ein Beweis dafür, daß er keine Gunmen mehr beschäftigte. Es gab bekanntermaßen Wahlkreise, in denen über hundert Prozent sozialdemokratisch stimmten. Oder konservativ, je nachdem. Aber daß selbst Leute vom Friedhof aus ihre Stimmen den *Demokratischen Sozialisten* gaben, war verwunderlich: Normalerweise wählen Tote konservativ. Sie haben ja soviel Zeit.

Bestimmte Gebiete in diesem Wahlkreis waren also noch immer Hochburgen der Labourites, und in diesen schien McLean sich sicher zu fühlen. Das war für mich ein gutes Zeichen.

Oder war es ein Zeichen dafür, daß der Gesuchte sich mit Hilfe seines Abgeordneten aus einer *Persona ingrata* in eine mit Immunität verwandelt hatte? Valerie stritt es rundum ab. Für sie war *Joshua* zwar ein Schweinehund geworden, »aber nicht solch einer«.

Jeden Abend setzten wir vier uns zusammen, tauschten unsere Erfahrungen aus und versuchten, die politischen Dimensionen auszuloten. Den meisten Pfeffer erhielt ich von den dreien, wenn ich über unsere Miethirne schimpfte. Ich sollte ihnen, sagten sie, einmal ein Land nennen, etwa die USA, Kanada oder Großbritannien, in dem es, prozentual, so viele unabhängige Geister gäbe, die öffentlich den Mund aufmachten. Das konnte ich natürlich nicht. So überzeugten sie mich.

McLean schien keine Verwandten mehr in der Stadt zu haben. Die Mutter war kurz nach der Geburt nach England gegangen; der Vater hatte lediglich seinen Samen und Namen gegeben; die Tante, die *Tiny* großgezogen hatte, starb, als er zwölf war; er war zu einer entfernten Cousine gekommen, die ihn täglich verprügelte und in die Schule zwang, so daß er es schaffte, in die renommierte Wolmers'-Boys-School aufgenommen zu werden, wo er Walkers bester Freund wurde.

Im Fahndungsersuchen der Polizei hieß es, er habe Vergewaltigungen begangen, aber all die Freunde und Feinde, auf die wir stießen, meinten, dies sei eine gezielte Verunglimpfung durch die Autoritäten. Das habe er nicht nötig. Bei einem berühmten Gunman wie ihm stünden bestimmte Frauen Schlange, mit ihm ins Bett zu gehen.

Dies hielten wir durchaus für möglich: Bei der Beerdigung Natty Morgans, der ein Jahr zuvor als *Staatsfeind No. 1* gejagt und schließlich von einem Spezialkommando erschossen worden war, waren neun Frauen aufgetaucht, stolz auf ihre sich rundenden Bäuche. Sie waren *Baby-mothers* des notorischen Gunmans; eine legte gar einen Kranz in Form einer M 16 auf das Grab. (Der Pfaffe, der den Mut hatte, ihn, wie es sich gehörte, unter die Erde zu bringen, warf dies teure Andenken zornig weg.)

Also bemühten wir uns, *Fitsys Baby-mothers* aufzutreiben. Und da war es Valerie, die sich die Frauen vorknöpfte und fündig wurde.

Am 30. März, morgens halb zehn, in einem erbärmlichen *Tenement yard* in Vineyard Town, umgeben von verrottenden Wellblechen, mit mehreren Bretterhütten, etwa anderthalb Dutzend Frauen mit Lockenwicklern und in Nachthemden, Unmengen halbnackter oder nackter Kinder und Babies – wo es nur achselzuckend hieß, da habe es sich um »die große Liebe« gehandelt, und Aretha, gemeint war das minderjährige Mädchen, sei »zurück aufs Land gezogen«, wozu sie alle sie nur beglückwünscht hätten.

»Wohin aufs Land?« hatte Valerie gefragt, die, wie sie mir später erzählte, den Atem so hatte anhalten müssen, daß sie fast erstickte.

»Na, im Osten«, hatte eine ältere Frau geantwortet, nur noch einen Schneidezahl im grinsenden Mund. »Saint Thomas oder Portland, nich'?«

Und eine jüngere hatte eifrig genickt.

»Fairy Hill«, hatte diese hinzugefügt. »Das soll nich' weit

von Boston entfernt sein, Miss.«

»Und wo in Fairy Hill?« hatte Valerie nachgehakt.

»Na, in so 'nem *Housing Scheme*. Soll 'n schönes Häuschen sein. Hat *Fitsy* ihr besorgt. Die is' ihre Sorgen los. Ich wollt, ich hätt so 'n *Baby-father,* sweet Jeesas!«

Mich haute es vom Sockel. In dem *Housing Scheme* leben Kenisha und ihre Kinder, lebt Rodney, mein erster Sohn!

Walkin' down the road
With a pistol in your waist –
Johnny, you're to bad.
THE SLICKERS

Donna und Valerie kamen nicht recht voran. Diese gott-
verfluchte Vorliebe der Jamaikaner für theologische Diskus-
sionen verhinderte nun schon seit anderthalb Stunden, daß
die beiden, mit hochgeschlossenen Kleidern und festem
Schuhwerk versehen, sich der Sünderin Aretha Jacobs nä-
hern konnten, die in außerehelicher Gemeinschaft mit einem Mann zu leben schien, der mehrfach gegen das sechste
Gebot verstoßen hatte.

Da standen sie noch immer in der Sonne, zwei wackere
Streiterinnen der Zeugen Jehovas, den *Wachtturm* und *Er-
wachet!* in den feuchten Fingern, mit einer zungenfertigen
Angehörigen der Adventisten des siebten Tages über das
Verbot der Bluttransfusion zu rechten; *es ist eitel,* sprach der
Prediger, *es ist alles eitel.*

Mir lief in meinem Versteck der Schweiß das Gesicht, den
Nacken, die Brust und den Rücken herunter; immer wieder
mußte ich die Hand, die das Fernglas hielt, an der Hose
abwischen. O Jesaja, Jeremia, Hesekiel, Daniel, Hosea, Joel,
Amos und alle anderen Propheten, verhindert weiterhin, daß
Ameisen mir in Schuhe und Hosenbeine kriechen – gegen
Mücken hatte ich mich am ganzen Körper eingerieben –, o
Obadja, Jona, Micha, Nahum, Habakuk, Zephanja, Haggai,
Sacharja und Maleachi, laßt keinen Sonnenstrahl auf Prentos
Fernglas fallen – das auf die Türen und Fenster an der
Ostseite des Hauses gerichtet war, dem wir uns von drei
Seiten her näherten.

Endlich nickten die Frauen einander zu, endlich befahl die
Siebte-Tages-Kirchenmaus ihnen ihre Wege, endlich näherten sie sich dem Vorgarten, endlich riefen sie etwas am Tor,
aus Furcht vor einem bissigen Hund. Ich stellte den Empfang etwas lauter. Endlich öffnete sich die Haustür, betrat
eine junge Frau, ein Kleinkind auf dem Arm haltend, die

Veranda und winkte meine Mitarbeiterinnen näher. *Was geschehen ist, eben das wird hernach sein.* Pronto flüsterte in sein Sprechfunkgerät, eine Gardine in einem der Fenster des östlichen Anbaus habe sich bewegt, er meinte, kurz ein Männergesicht gesehen zu haben.

Donna und Valerie verschwanden aus meinem Gesichtskreis. Ich stöpselte den Kopfhörer aus, richtete mich auf, legte das zweite Sprechfunkgerät auf den Boden und schlich durch Büsche und Sträucher näher an das Haus heran; setzte über den Gartenzaun, blickte mich um, herauszubekommen, ob Nachbarn in der Nähe waren, und robbte über den ungepflegten Rasen zur Rückseite der in ein Zimmer umgewandelten Garage.

»Er muß vorn sein«, flüsterte Prento. »Er hat wohl unsere Frauen im Blick. Und hoffentlich nicht hinter Kimme und Korn!«

Ich richtete mich auf, wischte die Hand noch einmal ab und holte die Pistole aus dem Holster, das ich im rückwärtigen Teil meines Gürtels unter dem dunkelgrünen Hemd trug. Ich lud durch. Nun lief der Schweiß auch aus meinem Achselhöhlen. Ich hatte Angst.

»Quatsch nich' mit diesen Betschwestern rum, komm rein!« Die Stimmlage war hoch. Der Mann schien es gewöhnt zu sein, seiner Freundin Befehle zu erteilen. Die Stimme klang nicht sonderlich beunruhigt.

Die Frau murmelte etwas.

Donna *lobte den Herrn.*

Valerie forderte den Herrn auf, sich die Botschaft *des Herrn* anzuhören.

Die beiden stimmten einen Psalm an.

Ihre Stimmen klangen richtig zittrig und fromm.

Ich sah mir die hintere Haustür an. Sie war aus Sperrholz. Hinter ihr lag vermutlich die Küche. Hinter der das Wohnzimmer, von dem aus mehrere Türen in mindestens zwei Schlafzimmer führten. In dem zum Strand hin gelegenen befand sich, vorn am Fenster stehend, unser Mann.

Seine Freundin schien mitzusingen, denn er wurde ungehalten.

»Hör mit dem Geplärre auf, schick die Betschwestern weg
und mach dich dran, uns das Mittagessen zu kochen!«
Gut. Der Mann war nervös. Er versteckte sich schon zu
lange. Fressen, saufen, schlafen, ficken, dösen, in die Röhre
glotzen, und dies alles in etwa sechzig Quadratyard, mehr
war ihm nicht geblieben. Kein Schwätzchen übern Zaun mit
dem Nachbarn, kein Wiegen im Schaukelstuhl auf der Veranda, kein Verarschen von Missionarinnen, die es in diese
Kleinfamilienhölle verschlug, kein Gang in die Kneipe,
kein Theater- oder Kinobesuch in Port Antonio. Einmal
diesen Fehler gemacht: Den Meistgesuchten rausgekehrt am
Winniefred Beach, die Ortsansässigen vertrieben, die dann
nicht zur Polizei gingen, sich nicht die fünftausend Dollar
Kopfgeld verdienten, aber zumindest die Touristen warnten,
ihnen empfahlen, die Sachen zu packen und zu verschwin-
den, und so hatte er unsichtbar sichtbar diesen Korridor aus
Schweigen und Verstummen um sich geschaffen, der ihm
nun, das hoffte ich, zum Verderben werden sollte. In seiner
Branche kostete ihn ein kleiner Fehler Freiheit oder Leben.
Vielleicht. Wenn Prento und ich gut waren.
»Er ist vom Fenster weg. Ich geh näher ran. Ende.«
Nicht einmal Rauschen im Kopfhörer. Wir waren allein.
Prento, der Gejagte und ich. Aber Prento und ich verfügten
über den Vorteil, gemeinsam allein zu sein – der Gejagte
hatte den Nachteil, nicht zu wissen, daß die Jagd ein Ende
haben sollte. So oder so.
Durch die Tür? Nein. Zwei Kollegen habe ich auf diese
Weise verloren: die Knarre in der Rechten, mit der Schulter
die Tür aufbrechend, die perfekte Rolle vorwärts. Und dann
die Schüsse in den Rücken, von dem abgegeben, der hinter
der Tür nur darauf gewartet hatte.
Das Singen hörte auf.
Eine Tür schloß sich.
Leichte Schritte.
Ein Streichholz wurde angesteckt.
Ein Topf auf einen Gasherd gestellt.
Eine Tür öffnete sich.
Ein Baby wimmerte.

Eine Frau murmelte etwas.

Ein Mann fragte.

»Was?«

»Halt doch mal den Jungen«, sagte die Frau.

Der Mann fluchte.

Die Frau sagte nichts.

Wem eine tüchtige Frau beschert ist, die ist viel edler als die köstlichsten Perlen.

Die Frau klapperte mit Topf und Pfanne. Das Baby wimmerte lauter.

»Tu mir den Gefallen«, sagte die Frau.

Ich betete darum, daß er mir den Gefallen tat, ihr den Gefallen zu tun. *Ihres Mannes Herz darf sich auf sie verlassen, und Nahrung wird ihm nicht mangeln.* Waren Donna und Valerie gegangen? Hatte Prento das Seitenfenster erreicht? *Sie tut ihm Liebes und kein Leid ihr Leben lang.* Das Baby schrie.

»Danke«, sagte die Frau. *Sie tut ihren Mund auf mit Weisheit, und auf ihrer Zunge ist gütige Weisung.* Also hatte er das Balg wohl auf dem Arm. Ich roch warm werdendes Kokosnußöl. Der Mann flüsterte. Das Baby hörte auf zu schreien. Ein Fenster öffnete sich. Mein Atem und Herzklopfen mußten in Kingston zu hören sein. *Sie schaut, wie es in ihrem Hause zugeht, und ißt ihr Brot nicht mit Faulheit.* Ein Brutzeln von der Pfanne oder vom Topf her. Ich blickte nach unten: kein Kies, kein Ast, kein rollender Stein. Er hätte von *Safe & Sound* lernen sollen: In Kies hörst du jeden Schritt. Die Frau lachte. Der Mann sagte etwas. Das Baby giggelte. *Eigner Herd ist Goldes wert.* Ich drückte mich an die Wand und schlich zur Hausecke. Der Himmel blau, leicht bewölkt, am Zaun zum Nachbarn hin wiegten sich purpurne Bougainvillesblätter in der leichten Brise. *Sie steht vor Tage auf und gibt Speise ihrem Hause und dem Gesinde, was ihm zukommt.* Der Kopfhörer tot. War Prento nun auf der Veranda? Ich hielt die Pistole mit beiden Händen und schlich zum geöffneten Fenster. Er würde nicht mit dem eignen Baby werfen. Oder? *Was man getan hat, eben das tut man hernach wieder.* Ich hatte alles im Blick: Die Frau stand am Herd und kochte Ackee, der Mann saß mit dem Rücken zu ihr an der Durchreiche des Eßzimmers und schaukelte das Baby. Die M 16 lehnte neben dem Kühlschrank an der Wand. Ein Bild des Friedens. *Und es geschieht nichts Neues unter der Sonne.*

Ich schwang das linke Bein über das Fensterbrett. Hinter Kimme und Korn *Fitsys* Niere.

»Ruhe bewahren!« sagte ich leise.

Dann fror das Bild ein. Die Bibelzitate aus meiner Kindheit mit Auntie Mary, gedacht, meine Nerven zu beruhigen, versiegten, und ich stellte mir absurderweise – das andere Bein über das Fensterbrett schwingend – die Frage, was mit den offiziell aus dem Untergrund aufgetauchten, bewaffneten Kadern der ANC geschehen wäre, hätte die weiße Wählerschaft in Südafrika auf de Klerks Referendum, ob der Reformprozeß fortzuführen wäre, mit »Nein« geantwortet: Die Geheime Staatspolizei hätte sie am frühen Morgen aus den Betten geholt.

Glas klirrte. Etwas fiel dumpf zu Boden.

Fitsy blickte mich an und lächelte leicht.

Ich senkte den Lauf meiner Waffe.

Im Augenwinkel bemerkte ich eine Bewegung und duckte mich. Ich hätte es wissen müssen: Aretha war ein Kind des Gettos.

Der schwere Gußeisentopf knallte gegen die Wand. Ich ließ *Fitsy* nicht aus den Augen: In einer unglaublich schnellen Seitwärtsbewegung packte er das Baby auf die Anrichte, ließ sich fallen, spannte die Beinmuskultatur und sprang in Richtung Kühlschrank. Ich war schneller. Die Pistole machte einen atemberaubenden Lärm. Der Schuß erwischte ihn am linken Oberschenkel und schleuderte ihn beiseite.

Ich hielt die Waffe in der Rechten, machte zwei Seitwärtsschritte und schlug der Frau mit der Außenseite der Linken über das Gesicht. Sie schrie auf.

»Ruhe bewahren, Ruhe bewahren«, wiederholte ich tonlos. Mein Mund war trocken.

Die Tür öffnete sich.

Prento stürmte in die Küche, leicht gebückt, seinen Smith & Wesson mit beiden Händen im Anschlag.

»Alles in Ordnung«, sagte ich und hustete.

Prento ging neben dem verhalten stöhnenden *Fitsy* in die Knie. »Sauber«, sagte er, »glatter Schuß durchs Fleisch.« *Fitsy* hielt sich den Oberschenkel, sein Blut breitete sich auf dem Stoff der Khakihose aus. Nun sah er aus wie ein Mann, der Angst hat.

> *Dem ah loot, dem ah shoot,*
> *Dem ah wail in shanty town.*
> DESMOND DEKKER

Wir versorgten McLeans Wunde, legten ihm Handschellen an, das schreiende Baby in die Arme der Mutter und stellten das Gas ab. Es würde kein Ackee mit Saltfish für Aretha und ihren Liebhaber geben.

Prento und ich gingen in das Wohnzimmer; wir nickten einander zu, er nahm die Maske ab und steckte sie in die Tasche, den Revolver in das Schulterholster. Er ging zur Tür. Ich hob den Daumen.

Donna und Valerie belegten die ganze Zeit über die einzige Telefonzelle der Gegend (Privatanschlüsse gibt es hier in Ostportland so gut wie nicht) und schnitten, als sie Prento sahen, das Kabel durch. Sie fuhren in dem geliehenen Wagen mit dem gefälschten Nummernschild vor das Gartentor, öffneten es, steuerten das Auto in den Garten und achteten auf die Nachbarschaft. Der Schuß hatte diese nicht alarmiert. Man hatte ihn wohl für ein Geräusch vom Video gehalten.

Wir knebelten *Fitsy*, legten ihm und Aretha Augenbinden um und verfrachteten sie in den Kofferraum des großen Kombis. Als wir an Kenishas Haus vorbeifuhren, hatte ich ein seltsames Gefühl im Magen.

Auf den Straßen nach Windsor Forest keine Polizei, kaum Autoverkehr. Wir waren zwei Pärchen mit Sonnenbrillen in einem Leihwagen.

Unweit der Secondary School von Fair Prospect wechselten wir die Nummernschilder. Im Glast der Mittagszeit nur drei Fußgänger und ein alter Mann auf einem Esel.

Valeries Mutter, Tante und Onkel hatten wir am Morgen zum Einkauf nach Port Antonio geschickt, so konnten wir ihr altes, stabiles Haus im hinteren Teil des großen Familiengrundstücks benutzen.

Wir forderten McLean auf, rückhaltlos auszupacken, und

stellte ihn vor die Wahl, entweder an die Polizei oder an die Führungskräfte von *Safe & Sound* ausgeliefert zu werden.

»Da hab ich das große Los gezogen«, höhnte er. »Entweder Arsen oder Zyankali!«

»McLean«, sagte ich, »du bist im Arsch. Das mußt du einsehen. Das beißt kein Mäuschen 'nen Faden ab. Aber ich biete dir 'nen Deal an, den einzigen und letzten. Du bist geliefert, so oder so. Das ist richtig. Aber ich biete dir Arethas Freiheit an und 'ne unbeschwerte Kindheit für dein Balg. Also?«

»Dann die Polente«, sagte er.

»Paß auf«, sagte ich, »wir haben schon alles arrangiert: Wenn du an die Bullen übergeben wirst, ist so 'n Heini von *Amnesty* dabei. Und dein Anwalt!«

»Das klingt gut«, sagte er vorsichtig. »Was ist der Haken dabei?«

»Wie viele Morde hast du begangen?« fragte ich.

»Morde? Keine Ahnung. Ich hab Leute umgelegt wie Sand am Meer«, prahlte er.

»Ach, hör auf«, sagte ich, »ich red nicht von der guten alten Zeit, nicht von den Siebzigern, nicht von achtzig. Ich red von den Taten, die du danach wirklich begangen hast. Und dabei nicht mal von denen, die dir die Bullen in die Schuhe schieben wollen.«

»Was willst du wissen?« fragte er.

»Warum hast du *Doubletrouble* Walker umgelegt?«

»Ich hab ihn nicht umgelegt«, schrie McLean. »Ich leg doch nich' mein' besten Freund um!«

»Doch«, insistierte ich, »du hast ihn umgelegt. Offiziell.«

»Hä?« machte er. »Du hast se wohl nich' alle, wa?«

»Das ist mein Teil vom Deal«, sagte ich ruhig.

»Tu ich nich'«, schrie er. »Schneid ich mir lieber die Zunge ab, als das zugeben!«

»Du schneidest dir gar nichts mehr ab«, sagte ich scharf. »Wenn du mir hier nicht hoch und heilig versprichst, den Mord an Walker zu gestehen, laß ich gleich *Blizzard* Blake und *Shotgun* Smith rufen, und die schneiden dich in Scheiben; dein Mädel verschwindet im Knast und das Baby im Waisenhaus. Kapierst du das nicht?«

»Machen Se doch, was Se wollen«, sagte er dumpf. »Also, was soll ich der Polente gestehen?«

Ich beantwortete seine Frage nicht. Noch nicht. Er war überreif.

»Warum bist du damals nicht in Walkers Firma eingestiegen?« fragte ich.

»Hä? Oh, das mein' Se. Ganz einfach. Ich mach doch nich' den Suppenkasper für so 'n paar reiche Hanseln. *Yes, Sir. No, Sir.* Die Safes und Videoanlagen von so reichen Pfeffersäcken bewachen, das is' mein Ding nich'.«

»McLean«, sagte ich, »du bist ein Saurier. Du hast 'n Gehirn wie 'n Floh. Der Krieg ist vorbei, kapierst du das nicht?«

»Das kapier ich sehr wohl«, sagte McLean. »Hat Jamesie mir ja oft genug gepredigt. Aber da scheiß ich drauf. Der Krieg is' nie vorbei, nie!«

»Okay«, sagte ich. »Fangen wir von vorn an. Jamesie und seine Jungs machten ihren Laden auf. Du wolltest weitermachen wie gewohnt. Und kamst auf die Fahndungsliste. Deine eigenen Kumpels von früher, die Labourites, waren an der Macht. Und die kriegten dann von den Großen Familien den Hinweis, sie sollten mit den Schießereien aufhören. War schlecht fürs Geschäft. Seaga versprach, daß das Ausland groß einsteigt und auf dem Felsen investiert. Da muß Ruhe und Ordnung herrschen. Je ruhiger und ordentlicher, desto besser. Und dann laufen so 'n paar wildgewordene Saurier wie du rum – und vermasseln das Geschäft, führen munter weiter Krieg. Was geschieht dann?«

»Genau«, sagte Fitsy, »hat Jamesie mir oft genug gesagt.«

»Na, was geschieht?«

»Was geschieht?« McLean wurde laut. »Will ich dir sagen, Bruder. Jim Brown haben se im Knast umgelegt. Besser ein *toter Märtyrer der Sache* als einer, der gegen die *Shower Posse* aussagt. Sein Sohn – pai, pai! Weg damit! Die ganze alte Garde entweder auf Rente oder tot oder im Knast! Jamesies Rede.«

»Richtig«, sagte ich. »Und dann hat Jamesie dich ausgezahlt, dir einen Paß besorgt, Geburtsurkunde und ein Ticket nach Miami ...«

»New York«, sagte *Fitsy* mürrisch. »Miami, das war im vorigen Jahr.«

»Du bist also gegen seinen Willen zurückgekehrt?«

»Und prompt auf der Fahndungsliste erschien'!«

»Und hier und da hast du für ihn, sagen wir mal, *gearbeitet?* «

»Hä?« McLean versuchte, sich dumm zu stellen.

»Dein Anwalt erhielt ab und zu einen Anruf von hier. Du bist hergedüst, hast deinen Job erledigt, mit 'ner Zweiundzwanziger, damit es nach einem Profi aussah, hast Geld und neue Papiere gekriegt und bist zurückgeflogen.«

»Wer hat dir denn das gesteckt?« fragte McLean düster.

»Blake und Smith haben's mir geflüstert.«

»Diese Drecksäue!« fluchte *Fitsy*. »Die haben mit mir verhandelt. Die haben mir die Jobs verpaßt. Die haben alles angeleiert. Und nun hauen se mich in die Pfanne.«

»Walker wußte von nichts?«

»Klar wußte er«, knurrte *Fitsy*. »Ohne den lief gar nix.«

»Und im vorigen Jahr«, faßte ich vorsichtig nach, »wurdest du arbeitslos gemacht, 'n Sozialfall. Die Zeiten für Killer waren vorbei. Jetzt benutzen sie Computer und Marketingstrategien.«

»Genau.«

»Und Jamesie zahlte dich aus. Eine Zeitlang Rente. Dann mußt du selbst für dich sorgen. Richtig?«

»Ja.«

»Aber entgegen dieser Absprache bist du zurückgekommen. Im August bist du im Nationalstadion mit ihm gesehen worden. Ihr habt euch gestritten.«

»Die alte Geschichte.« *Fitsy* nickte. »Ich sollte, wenn's denn sein muß, Aretha und das Balg mitnehmen, würde noch mal ein' klein' Batzen kriegen, und dann müßte ich, wie ein *erwachsener Mann* versuchen, auf *mein' eigenen Füßen zu stehen.* Ja, das hat er gesagt.«

»Hat er nicht recht gehabt?«

»Klar«, sagte McLean. »Sonst wär ich ja nich' hier. In der Scheiße.«

»Diese *Arbeit* ist der Polizei nicht bekannt geworden?«

»Glaub ich nich'. Da könn' se mir nix beweisen.«

»Diese Morde tauchen also offiziell im Fahndungsersuchen nicht auf?«

»Nee. Ich hab mein' Rechtsverdreher gefragt. Die hängen mir nur so 'n paar alte Sachen an und 'n paar, mit denen ich absolut nix am Hut hab, ja, und so zwei, drei Dinger, die ich wirklich abgezogen hab.« Er machte eine wegwerfende Handbewegung. »So 'n paar PNP-Ärsche. Die waren fällig, das waren 'n paar alte offene Rechnungen. Die würd ich nicht abstreiten. Sollen die mich doch ruhig hängen!«

»Gehängt wird gottlob niemand mehr«, sagte ich. »Aber nun hör gut zu!«

Ich legte ihm dar, wie sein Geständnis aussehen müßte, wie er Walker erschossen hatte. Ein Unfall. Ein kleines Gerangel zwischen Freunden. Körperverletzung mit Todesfolge. Sein Anwalt würde ihm das Nähere erklären können.

»Aber warum soll ich das denn zugeben?« fragte er kleinlaut.

»Das geht dich einen Scheißdreck an«, sagte ich grob. »Das ist Teil unseres Deals. Denk dran, ganz egal, wo sie ist, wenn du nicht spurst, ist Aretha dran, das Goldmädel, und dein Balg!«

McLean furchte die Stirn.

»Ja«, sagte er schwerfällig. Und: »Ja, die is' ihr Geld wert, nich'? Wie die den Top geschmissn hat!«

Er machte eine Pause.

»Aber Sie sind 'n smarter Hund! Wenn's überhaupt einer verdient hat, mich zu fangen, dann Sie. Wie heißen Sie übrigens?«

»Wer?« fragte ich.

»Na Sie«, sagte McLean erstaunt.

»Sie haben mich nie gesehen, McLean. Verstanden? Nie. Diese Dame«, ich deutete auf Valerie, »hat Sie zufällig gesehen, wie Sie mit einer Oberschenkelverletzung vom Winniefred Beach in die Büsche zu kriechen versuchten, und sie hat die nächste Wache alarmiert, und *Exterminator* – diesen netten jungen Bullen werden Sie nachher kennenlernen – hat Sie dann verhaftet. Klar?«

»So lautet die offizielle Geschichte?« fragte er.

»Ja«, sagte ich. »Wir üben das noch. Wir haben viel Zeit.«

»Und meine Piepen?«

»Die bekommt Aretha, wenn du dich an das Regiekonzept hältst. Wenn! Wenn nicht, kriegt sie keinen Pfenning. Und ... du weißt ja!«

»Ja«, sagte *Tiny,* Keith Buster McLean.

Er wirkte ganz entspannt. Vielleicht dachte er daran, wie er in ein paar Jahren, wenn der neue Premierminister P.J. Patterson und seine PNP abgewählt sein würden, aus dem Knast in Spanish Town fliehen würde.

> *The oppressors are trying to keep me down,*
> *Making me feel like a clown,*
> *They think they have got me on the run.*
> *I say forgive them, Lord,*
> *They know not what they've done.*
>
> JIMMY CLIFF

Ihren Hut, Sir«, sagte James Forester, der Butler.

»Dafür habe ich ihn gekauft«, erwiderte ich und überreichte ihm das Ding.

Wir lächelten einander an.

»Wie geht's, James?« fragte ich.

»Nicht schlecht, Sir«, antwortete er.

»Können Sie mir einen Gefallen tun?«

»Gewiß, Sir.«

»Dann rufen Sie bitte das gesamte Personal zusammen. Ich möchte jedem von Ihnen ein Foto vorlegen und fragen, ob jemand den Herrn im vorigen September hier oder in der Nähe gesehen hat.«

»Mrs. Walker ist damit einverstanden, Sir?«

»Bislang war sie mit allem einverstanden, was ich für sie getan habe, James«, sagte ich lächelnd.

»Sie haben einen guten Eindruck bei ihr hinterlassen«, sagte der Butler und lächelte zurück.

»Das tut mir leid«, erwiderte ich. »Ich bin ein Windhund.«

»Mrs. Walker liebt Hunde, Sir«, sagte er ernst.

»Ich hasse sie, James«, ich warf die rechte Hand hoch. »Ich bin Katzennarr, wissen Sie. Und ich liebe nichts mehr als schwarze Katzen.«

»Schade für Mrs. Walker, Sir«, sagte er ernst und winkte mich durch die Halle. »Im Wohnzimmer, Sir?«

»Auf der Veranda, James. Und bitte ein Getränk für jeden.«

»Jawohl, Sir.«

Valerie kam zehn Minuten später. Mrs. Walker hatte sich nicht sehen lassen.

Das Personal war auf der nach hinten gelegenen Veranda versammelt. Niemand hatte sich in einen der vielen beque-

men Korbstühle gesetzt. Bier- und Sodaflaschen trugen noch
ihre Kronkorken, die Gläser auf den Tischen waren unbe-
rührt.

»Das sind alle, James?« fragte ich.

»Nein, Sir«, erwiderte der Butler. »Zwei Frauen und ein
Junge treten ihren Dienst erst um zwei Uhr nachmittags an,
und zwei sind entlassen worden.«

»Entlassen, warum?« fragte ich.

Forester antwortete nicht.

»Meine Damen und Herren«, wandte ich mich dann an die
anderen, die sich unbehaglich zu fühlen schienen, »ich bitte
Sie, sich mit einem Getränk Ihrer Wahl zu versehen und die
Stühle zu einem Kreis zu stellen. Machen Sie es sich bequem,
und beantworten Sie mir dann eine Frage.«

Die Männer in ihren schwarzen, polierten Schuhen, blauen
Hosen und weißen Hemden und die Frauen in ihren rotweiß
karierten Dienstmädchenuniformen mit weißer Schürze und
Häubchen sahen einander unsicher an, schurrten mit den
Füßen, zwei Mädchen giggelten, drei Männer steckten kurz
die Köpfe zusammen, dann taten alle, wozu ich sie aufgefordert hatte.

Ich setzte mich bequem in einen Korbstuhl, Valerie in einen
auf der anderen Seite des Kreises, der Butler mischte unsere
Getränke. Ich legte den Kopf an das Rückenteil des Stuhles,
schlürfte meinen Drink und ließ mir bewußt Zeit. Langsam
verstummten die Geräusche, hörte das Flüstern auf.

»Schschscht!« machte eine Frau.

Es war völlig still.

Ich beugte mich vor und ließ meinen Blick von Gesicht zu
Gesicht wandern.

»Sie brauchen nichts zu befürchten«, begann ich. »Wie Sie
wissen werden, wurde ich beauftragt, den Mord an Ihrem
früheren Chef, Mister Walker, aufzuklären, und ich bin kurz
davor, den Fall abzuschließen.«

Ich hörte einige raunen und hob die linke Hand.

»Warum sind zwei vom Personal entlassen worden und
wann?« wandte ich mich an James Forester.

Nun konnte er nicht ausweichen.

139

»Das fragen Sie, Sir«, stammelte er, »am besten Mrs. Walker.«

»Aber, James«, sagte ich tadelnd und wandte mich an die anderen.

»Kann jemand anders mir Auskunft geben?«

Das Schweigen dauerte nur kurz an.

»Pete Lawford ist frech gegenüber der ... Mrs. Walker geworden, Sir«, platzte eine Küchenmamsell heraus. »Und Mary ist schwanger.«

Einige Frauen kicherten, die Männer hatten ein schadenfrohes Lächeln aufgesetzt.

»Weiß jemand, wer der *Baby-father* ist?«

Das Schweigen war Antwort genug. Ich tat, als interessierte mich die Angelegenheit nicht länger, und langte in meine Jackentasche.

»Ich lasse nun ein Foto herumgehen und bitte Sie, mir zu sagen, wann und wo Sie den Mann darauf gesehen haben.«

Ich gab der neben mir sitzenden Frau das Bild. Sie betrachtete das Foto, schüttelte den Kopf und gab es weiter.

»Im September letzten Jahres, Sir, kurz bevor der Chef, Mister Walker, starb«, brachte schließlich einer der Gehilfen des Gärtners hervor.

Ich sah die Gesten einiger anderer.

»Ja?« fragte ich scharf.

»Vor dem Tor, Sir, da haben sie sich kurz unterhalten.«

»Friedlich?«

»Absolut friedlich, Sir.«

»Sie wußten, wer er war?«

»Ja, Sir.«

»Wer?«

»Halt deine verdammte Schnauze!« zischelte ein anderer Gärtnergehilfe.

»Nein!« sagte ich scharf zu ihm »Er hält nicht die Schnauze. Und es wäre in Ihrer aller Interesse, wenn Sie alle Ihren Mund ein wenig weiter aufmachten!«

Das wirkte.

»Wer hat ihn noch gesehen?«

»Ich, Sir«, sagte eine der Küchenmamsells, eine breit gebaute ältere Frau mit Lachfalten um die Augen.

»Ja? Wann und wo?«

»Etwa eine Woche vor ... vor dem Mord, Sir. Genau hier. Der Mann und Mister Walker saßen hier und ... soffen. Sie schienen eine gute Zeit zu haben.«

»Sie wissen, wer der Gast war?«

»Ja, Sir«, sagte sie strahlend. »Das war *Fitsy* McLean, ein echter *Don.*«

»Richtig«, sagte ich. »Ein alter Freund von Mister Walker. Und er steht dringend im Verdacht, ihn am siebzehnten September umgelegt zu haben. Danke, meine Damen und Herren, das war's.«

Stühle ruckten, Füße scharrten, die meisten Köpfe waren gesenkt.

»Einen Augenblick noch!« rief ich.

Alle erstarrten.

»Trinken Sie doch in Ruhe aus, ja?«

Einige kicherten, die Mienen der anderen entspannten sich.

»James!« sagte ich.

»Ja, Sir?«

»Sie achten darauf, daß alle Anwesenden hier friedlich ihr Getränk zu sich nehmen und bis eins Pause machen. Klar?«

»Ja, Sir.«

Foresters Gesicht wies deutliche Anzeichnen von Abneigung auf. Ich ging nahe an ihn heran.

»Tut mir leid, James, ich muß Sie um noch einen Gefallen bitten.«

»Ja, Sir?«

»Die Adresse von Mary Simpson«, verlangte ich.

Der Butler schluckte, stand auf und ging langsam zu der großen Doppeltür, die in das Wohnzimmer führte. Ich folgte ihm.

»Und kein Wort zu Mrs. Walker! Ist das klar, Forester?«

Er schien erleichtert zu sein.

»Aber selbstverständlich, Sir«, sagte er leise. Wir betraten ein kleines Büro im Seitenteil des Erdgeschosses, der Butler holte ein Schlüsselbund aus der Tasche, öffnete eine Schreibtischschublade, ergriff ein Formblatt und diktierte mir Marys Adresse.

»Danke, James«, sagte ich. »Ich bin bald wieder da. Sehen Sie zu, daß die Teilnehmer unserer kleinen Konferenz es gemütlich haben.«

»Aber ja, Sir«, erwiderte er, und die Stimme klang etwas beleidigt.

»Und, James?«

»Ja, Sir!«

»Den Hut!«

Wir lächelten einander entspannt an.

I say when it drops you gonna feel it
Know that you were doing wrong –
I say pressure drop ...
TOOTS & THE MAYTALS

Miss Simpson wohnte in einem kleinen Häuschen in
einer Siedlung des *National Housing Trusts* in Draper's
Heights.

Sie saß in einem Schaukelstuhl auf der Veranda und biß sich
auf die Lippen, als sie Valerie und mich sah. Wir baten sie,
ihre Mutter und zwei Tanten, die neben ihr saßen und
Bohnen ausschoteten, wegzuschicken.

Sie war, schätzte ich, im achten Monat und hatte im
Februar wohl ein Korsett getragen, die Rundung des Bau-
ches zu verbergen. Donna oder Valerie hätten es ihr ange-
sehen, mein Machoblick hatte die Rundungen anders ein-
geschätzt.

»Sie wissen, warum wir gekommen sind, Miss Simpson?«
fragte Valerie. Ich hatte sie gebeten, diese Vernehmung für
mich durchzuführen, da Mary ihr bestimmt mehr trauen
würde als mir. Ich setzte mich abseits und rauchte.

»Ja, Miss.«

»War es ein Unfall, Miss Simpson?«

»Ja, Miss. Aber, bitte, nennen Sie mich Mary.« Sie war den
Tränen nahe.

»Erzählen Sie mir alles, Mary«, sagte Valerie weich.
Sie beugte sich vor, preßte die Handflächen aneinander und
lächelte Miss Simpson freundschaftlich zu.

Walker hatte sie beim Bettenmachen erwischt und sie auf
die Matratze geworfen. Sie hatte gekämpft. »Wie eine Kat-
ze.« Und dann nachgegeben.

»Er war so ein schöner Mann. Und ... das gehört wohl zum
Job, wenn jemand wie ich so gut bezahlt wird.«

Er war ein lausiger Liebhaber gewesen und hatte sie gebeten,
ihm behilflich zu sein. Dies hatte sie nicht getan. Hatte ihre
Einwilligung zurückgezogen und ihm gesagt, daß sie Mutter einer zweijährigen Tochter war. (Die Auflage, die Arbeits-

stelle bekommen zu können, hatte gelautet: ledig und kinderlos.) Walker hatte geflucht. Er war so ein schöner Mann.
Er hatte ihr leid getan. Er hatte das bemerkt und noch lauter
geflucht. Er hatte in die Nachttischschublade gegriffen und
einen Revolver oder eine Pistole herausgeholt, sie gezwun-
gen, sich umzudrehen, Kopf, Ellbogen und Knie auf die
Matratze.

Er hatte sich einen »runtergeholt und ihn dann reingesteckt.
Es tat gar nicht weh, und es war schnell zu Ende.«
Mary schluchzte.

»Und später fanden Sie heraus, daß Sie schwanger waren?«
fragte Valerie leise.

Mary nickte.

»Ich hab ihn ... Ich bat ihn, mir Geld für eine Abtreibung
zu geben«, schluchzte sie. »Aber er hat nur geflucht und
gesagt, ich sollte mich verpissen, er würde sein gutes Geld
nicht dafür ausgeben, daß ich den Bauch, in dem sein Kind
sei, *wegschmeißen* könne. Das sei nicht sein erstes und würde
nicht sein letztes Kind sein. Wenn's soweit sei, würde er das
Balg unterstützen. Aber es sei wohl klar, daß er mich feuern
müsse. Ich sei ja weder kinderlos noch ... Und wenn seine
Frau rauskriegen würde ...«

Sie weinte rückhaltlos und biß sich in das Fleisch des Unter-
armes.

»Entschuldigen Sie!« schluchzte sie. Valerie gab ihr ein
Taschentuch.

»Wann war das?« fragte sie.

»Am vierzehnten oder fünfzehnten, Miss.«

»Und wann sollten Sie Ihre Papier kriegen?«

»Bald darauf. Die Chefin, Mrs. Sybil, war ja immer krank
oder so. Migräne und all das, da konnte ich ihn ... ich meine,
Douglas war doch ein Mann. Oder nicht? Und dann hat er
mich für den Dienstag, in aller Herrgottsfrühe, an den
Strand bestellt.«

Ein Weinkrampf schüttelte sie. Ich merkte, wie ich mit den
Zähnen mahlte, und sog an meiner Zigarette. Valeries Gesicht konnte ich nicht sehen, sie hatte sich ganz Mary
zugewandt.

»Und dort?«

»Dort hat er nur seine Witzchen gemacht. Hat gesagt, ich soll das, soll das *nicht so dramatisch sehen.* Und seine Pistole rausgeholt. Ich hab gedacht, er will mich wieder ... ficken, aber da hat er nur gelacht. Nein, nein, hat er gesagt, er *steche nur Jungfrauen,* und sich geschüttelt vor Lachen. Und ich hab gesagt, ich könnte ihn umbringen. Da hat er mir die Pistole in die Hand gedrückt und erklärt, wie ich das machen kann.«

Mary war ruhig geworden, ihre Stirn in Falten. Ihr Blick zeigte, daß sie die damalige Situation noch einmal erlebte.

»Ich habe sie ihm wiedergegeben. Da hat er den Lauf an sein Herz gehalten, den Zeigefinger am Abzug, und hat gesagt, so würde es wie Selbstmord aussehen ... Er hat mir erklärt, wie ... Und dann sollte ich noch einen Schuß abgeben, der erste sei ja in dem Ding drin gewesen ...«

»Im Lauf?« fragte Valerie.

»Ja. Und dann noch einen abgeben. Und die zweite Hülse in die Tasche stecken.«

»Und?«

»Dann hat er mir die Pistole noch einmal in die Hand gedrückt, mir genau gezeigt, wie ich nur mit dem ersten Fingergelenk abdrücken sollte, und hat mir ... Nein, er hat den Lauf auf sein Herz gerichtet und hat immer lauter gelacht und Witze über meine, über meine Muschi gemacht, die sei ja ganz ... ausgeleiert von dem ersten Kind, und hätte er das gewußt, hätte er nie ...«

»Und dann hast du abgedrückt?«

»Ja, Miss.«

»Nenn mich nicht Miss, nenn mich Valerie!«

»Ja, Miss ... Valerie.«

»Und dann?«

»Der Schuß hat fast mein Trommelfell zum Platzen gebracht. Ich hätte nie gedacht ...«

»Und dann?«

»Hab ich ihm, wie er's gesagt hatte, die Pistole in die Hand gedrückt. Sie fühlte sich ganz komisch an. Und hab, wie er's gesagt hatte, das erste Glied des Zeigefingers um den Abzug

gebogen und noch einmal geschossen. In die Luft. Und dann
die Hülse in die Tasche gesteckt.«
Sie brach ab.
Wir schwiegen lange.
»Und jetzt, Miss ... Valerie, sag, komm ich jetzt ins Gefäng-
nis?«
»Nein«, sagte Valerie.
Sie stand auf und sah mich an.
»Nichts hast du getan, Mary«, sagte sie eindringlich. »Du
hast das alles nur geträumt.«

See de hypocrites
Dem ah gallang deh.
BOB MARLEY

Ihren Hut, Sir«, sagte der Butler.

»Wir sind alle Wiederholungstäter«, erwiderte ich und überreichte ihm meine Kopfbedeckung.

»Sie kommen spät, Sir.« Diesmal war deutlicher Tadel in seiner Stimme.

»Gut Ding will Weile haben, James«, erwiderte ich milde. »Sind alle da?«

»Ja, Sir. Sogar jemand, den Sie nicht eingeladen haben.«

Ich hob die Brauen, er zuckte die Achseln. Wir durchschritten das Wohnzimmer und gelangten zur nach hinten gelegenen Veranda.

Sybil saß mit ihrer Schwiegermutter und dem Anwalt der Familie an einem Tisch. Sie unterhielten sich leise.

Blake und Smith hatten sich tief in ihre Korbstühle vergraben und augenscheinlich eine Menge getrunken. Als ich durch die Tür trat, blickten alle mich erwartungsvoll an, Fred Clarke schaute ostentativ auf seine Armbanduhr. Ich hob die Arme.

»Tut mir leid, daß ich so spät komme. Ich wurde aufgehalten.«

Natürlich war dies gelogen. Ich hatte vorsätzlich auf Valeries Sofa gelegen und die Zeitungen der letzten vierzehn Tage gelesen, jene zwei Stunden zu spät zu kommen, die meine Nerven beruhigen konnten und die der anderen strapazieren.

»Können wir uns nicht zusammensetzen?« lud ich *Shotgun* und *Blizzard* ein, ihre Plätze in der anderen Verandaecke zu verlassen.

Sie grummelten vor sich hin, erhoben sich, nahmen ihre Gläser vom Tisch und gesellten sich zu den anderen. Ich zog einen Stuhl heran, bat James, mir einen Drink zu mischen, legte meine Zigarettenschachtel auf den Tisch und knabberte am rechten Daumennagel.

»Na, *Ruffneck,* einen Durchbruch erzielt?« fragte Fred Clarke.

Ich nickte.

»Du hast den Täter?«

Sybil machte runde Augen, Mrs. Walker senior biß sich auf die Unterlippe, Blake sah mich schief an, und Smith rieb die Handballen aneinander.

»Ich weiß, wer er ist, und es ist nur noch eine Frage der Zeit, wann er der Polizei übergeben werden kann.«

Sybil atmete heftig.

»Wer war es?« fragte sie.

»Später«, sagte ich. »Ich möchte von vorn anfangen.«

»Herrje«, rief Fred Clarke, »mach es nicht so spannend!«

»Mein Bester«, erwiderte ich, »als Anwalt solltest du wissen, daß ich diesen Fall erst aufrollen muß, ehe ich euch, die Jury, sozusagen, die Schlüsse ziehen lasse.«

»Ach was, junger Mann«, fuhr Walkers Mutter mich an, »zuerst sagen Sie uns, wer's war!«

»Bald, bald«, sagte ich gedehnt und rekapitulierte ihnen unsere Recherchen. Ich gab vor allem auf Blakes und Smiths Reaktionen acht und hoffte, sie würden sich nicht zu Handlungsweisen verleiten lassen, die sie überwunden zu haben meinten.

Auf Zehenspitzen kam Miss Webster auf die Veranda, zuckte mit den Schultern, zog sich einen Sessel heran, setzte sich, beugte sich vor und stützte das Kinn auf die gefalteten Hände.

»Wir überprüften die Alibis aller hier Anwesenden – ausgenommen natürlich das Ihre, Madam«, wandte ich mich an Walkers Mutter.

»Selbst mein Alibi ist astrein?« fragte *Shotgun* Smith spöttisch.

»Die Damen, die Sie und Ihre Freunde nach der Party im Pegasus aufsuchten, erinnerten sich nur zu gut an Sie: Wer verlangt schon von einer Hure eine Quittung über *geleistete Dienste* und zahlt – gegen Protest – mit Scheck? Nur unsere ehrenwerte Miss Webster hat kein Alibi gehabt. Sie hat zwischen halb drei und drei das bunte Treiben verlassen und ist ostwärts gefahren. Wohin? Zum Liebesnest Walkers, das auch sie – wie viele andere – aufzusuchen pflegte?«

Ich ließ die Frage im Raum stehen. Alle Gesichter wandten sich ihr zu. Sie verzog keine Miene.

»Oder ist sie weiter ostwärts gefahren, nach Portland, wo sie dann am frühen Morgen Walker am Strand traf und …?«

Blizzard Blake schnellte hoch.

»Du verfluchte Schnalle!« zischte er. Und an Smith gewandt: »Ich hab dieser Klapperschlange noch nie von hier bis da getraut.«

»Weil Sie ein Idiot sind«, sagte Miss Webster ruhig. »Ja, ich war in Douglas' Appartement in Springfield. Ich dachte, er wäre dort, nachdem er zur Firmenfeier nicht gekommen war.«

»Sie fuhren mit Ihrem dunkelroten Toyota Corolla, die hübsche Firebird unter dem Armaturenbrett.«

»Aber er war nicht da.«

»Richtig. Und können Sie beweisen, daß Sie nicht weiter nach Fairy Hill fuhren? Wo Sie sich am siebzehnten aufgehalten haben, ist völlig ungeklärt.«

Miss Webster zuckte mit den Achseln.

»Ich habe mit schwarzem Kaffee und Limonensaft meinen Kater bekämpft.«

»Und die Kinder waren *zufällig* für einige Tage bei der Mutter. Na, lassen wir es dabei«, sagte ich. »Sie haben ihn nicht umgebracht. Nur umbringen wollen. Wie so viele.«

»Danke«, sagte sie und sank noch mehr in ihrem Sessel zusammen.

»Während meiner Ausbildung«, fuhr ich fort, »lernte ich, daß die meisten Morde – wie auch Vergewaltigungen – im engsten Familien-, Freundes- oder Bekanntenkreis begangen werden. Zum zweiten, daß Morde in der ersten Woche nach der Tat aufgeklärt werden sollten und daß im weiteren Verlauf der Zeit immer weniger Chancen bestehen, daß sie erhellt werden.«

Ich nahm einen guten Schluck.

»Die Chancen standen also etwa fünfundneunzig zu fünf gegen mich. Seltsam schien mir anfangs, daß ein jeder und eine jede, die *Doubletrouble* gekannt hatten, Selbstmord für ausgeschlossen hielten, obwohl die ganze Beweislage dafür sprach. Nun, diese Leute hatten recht. Walker ist ermordet worden. Er soll sich mit der rechten Hand erschossen haben, obwohl er Linkshänder war. Seltsam nur, daß niemand dies der Polizei oder mir sagte.«

Sybil Walker fuhr hoch, winkte dann aber ab und ließ sich tiefer in den Sessel gleiten.

»Walker war ein dermaßen reizender – im wahrsten Sinne des Wortes reizender – Zeitgenosse, daß nahezu jede Frau und jeder Mann, die ihn gekannt hatten, Mord als die ihm gemäße, adäquate Todesart ansahen …«

»Unverschämtheit«, zischte Mrs. Walker senior.

»Sie, Madam«, wandte ich mich an sie, »haben nicht ihn geliebt. Sie haben ein Phantom verehrt …«

»Sybil«, sagte die alte Dame, »das laß ich mir nicht bieten!« Sie stand auf. Sybil sah sie gleichgültig an und antwortete nicht. Mrs. Walker blickte sich um, zuckte mit den Achseln und setzte sich wieder.

»Motive, Douglas oder Jamesie umzubringen, fanden wir in nahezu jeder Phase seines Lebens. Er hatte ein ausgeprägte Art, einige Menschen an sich zu binden und gegen sich aufzubringen. Ich glaube, er hätte wirklich unser Mitleid verdient.«

Unter gerunzelten Brauen hervor blickte ich schnell zu Sybil hinüber. Sie reagierte nicht.

»Er muß manisch-depressiv gewesen sein und zu feige, Selbstmord zu begehen.«

Smith sprang auf.

»Junger Mann«, grollte er. »Es reicht!«

»Setzen Sie sich, *Shotgun*!« befahl ich. »Ihre Methoden verfangen hier nicht. Sagen Sie ihm das, Fred!«

Der Anwalt zog die Brauen zusammen, blickte Smith direkt in die Augen und nickte. Smith schüttelte sich, als wollte er Regentropfen loswerden, und setzte sich. Ich atmete tief durch.

»Einige der hier Anwesenden, aber auch andere«, fuhr ich leiser und monoton fort, »haben immer wieder versucht, mein

und meiner Mitarbeiter Augenmerk auf die Möglichkeit zu lenken, daß er von den alten Gegnern aus den späten Siebzigern oder von achtzig umgelegt worden sei. Diese Leute hielten uns für bekloppt. Kein PNP-Mann wäre, selbst elf Jahre nach Beendigung des Krieges, so nahe an Walker herangekommen, ihn in aller Ruhe mit dessen eigner Waffe umbringen zu können. Nein, der Täter oder die Täterin muß aus dem engsten Umfeld des Ermordeten gekommen sein.«
Ich machte eine Kunstpause und trank wieder einen Schluck Rum mit Bitter Lemon. Mein Mund war in der Tat trocken. Ich hatte Angst vor Blake und Smith.
»Das Bezeichnendste an diesem Fall ist«, sagte ich langsam, als überlegte ich – dabei war gerade dieser Teil meiner Ausführungen gründlich geplant –, »daß niemand von Ihnen es für nötig befunden hatte, mir mitzuteilen, daß der älteste und beste Freund Walkers der meistgesuchte Mann der Insel ist. Nun, wir haben es herausgefunden und auch herausgebracht, wo er sich zur Zeit aufhält.«
Wieder wollte Smith aufspringen, Blake aber hielt ihn fest und flüsterte ihm etwas zu. Ich tat, als bemerkte ich es nicht.
»Um eine lange Geschichte kurz zu machen: Die Erfolgsgeschichte von James Walker ist bekannt. Ein Kreis verschworener Freunde und so weiter und so fort. Sie weist nur einen blinden Fleck auf: Warum ist *Tiny,* Keith Buster *Fitsy* McLean, nicht Vizedirektor von *Safe & Sound?* Fred, du weißt«, ich wandte mich an den Anwalt, dann an die anderen, »Mister Blake und Mister Smith, Sie wissen die Antwort. Nur zu gut. Ich kenne sie auch. Walker litt darunter. *Tiny* war sein ältester und bester Freund. Er gab ihm eine Chance, Papiere und Geld für ein Leben in Anonymität und mit geregeltem Einkommen in den Staaten. *Tiny* aber wollte nicht. Walker und seine Freunde gaben ihm hier und da noch Gelegenheit, den Krieg, der doch *vorbei* war, wenigstens privat und im kleinen fortzusetzen. *Shotgun* und *Blizzard* mögen Ihnen erzählen, wie.«
Ich trank wieder. Niemand antwortete. Es war sehr still.
»Im vorigen Jahr aber begriffen Jamesie und Co, daß diese Steinzeitmethoden der Geschäftsführung ausgedient hatten.

Sie machten *Fitsy* dies klar. Er war störrisch. Er blieb stur. Er kehrte aus seinem unfreiwilligen Exil in Miami zurück. Er wurde am Festivalabend mit Jamesie im Stadion gesehen. Sie stritten sich. Das kommt vor unter Freunden. Walker gab ihm noch eine Chance. *Fitsy* blieb stur; *Shotgun* und *Blizzard* sahen nun nur noch die Freundespflicht, Jamesie gegenüber, den alten Freund, der objektiv eine Gefahr für die Firma, für Walker, Smith Blake und andere bedeutete, *abzuservieren.* Sie mußten das tun. Wenn der Boß zu sentimental geworden ist, muß das höhere Management handeln ...«

»Sie hören jetzt auf!« schrie Smith. Er blickte mich aus blutunterlaufenen Augen an.

»Laß ihn«, sagte Blake.

»Machen Sie keinen Fehler, Smith!« warnte Fred Clarke.

Miss Webster blickte von einem zum anderen; die anderen gaben vor, nichts zu sehen oder zu hören.

»Bei unserer Suche nach McLean«, fuhr ich fort und hoffte, daß meine Stimme nicht zittern würde – die Hände hatte ich auf die Tischplatte gestützt –, »fiel uns auf, daß er bereits gesucht wurde. Nicht von der Polizei. Von einer mir bekannten Detektei und, später, von einigen Herren von *Safe & Sound. Fitsy* hatte das wohl gemerkt. Vor den Bullen hatte er keine Angst. Er hielt einige Male Rücksprache mit seinem alten Freund Jamesie. Der aber konnte nichts mehr für ihn tun. Gegen Dummheit kämpfen selbst die Götter vergebens ...«

»*Fitsy* hat ihn nicht umgelegt!« brüllte Smith. »Und wenn, dann hätte er das ganz anders gemacht ...«

»Ich weiß«, unterbrach ich ihn. »Ich kenne die Handschrift von Ihresgleichen.« Ich machte die Geste mit der imaginären M 16. »Ja, aber da komme ich zu einer anderen, einer dunkleren Seite des Charakters von James Douglas Walker. Jene, von der ich vorhin meinte, sie sei mit Todessehnsucht, mit Depressionen verbunden.«

»Smith setzte sich. Ich adressierte nun nur noch Fred Clarke.

»Sybils Göttergatte«, sagte ich langsam und betont, »hatte eine recht seltsame Art, seine Freunde und Geliebten auf die Probe zu stellen ...«

Sybil holte geräuschvoll Luft, Miss Webster blickte mich kurz an.

»Ich kenne mich in der Seele solcher Leute nicht aus«, fuhr ich langsam fort. »Walker war schön, intelligent, erfolgreich; von früher Kindheit an verwöhnte seine Mutter und sah ihm alles nach; ihm fiel alles zu, er traf selten auf Widerstand, er dachte keinen Gedanken, der neu war, er hatte Freunde, seine Laster wurden ihm verziehen; er schnippte mit dem Finger, und man brachte Menschen für ihn um; er war reich, er war satt, übersatt, er ... Er konnte sich nicht leiden. Die anderen waren ihm stets Mittel zum Zweck. Welchem Zweck, das wußte er wohl nicht. Er war unglücklich, zynisch, lebensüberdrüssig und feige. Wann immer ihm dies bewußte wurde, denke ich mir, stellte er ein seltsames Experiment mit jenen Menschen an, die ihn liebten oder zu lieben schienen: Er drückte ihnen seine automatische Pistole in die Hand, und bat sie, diese auf sein Herz zu richten und abzudrücken ...«

»Hören Sie auf!« schrie Mrs. Walker.

Fred Clarke blickte mich wie gebannt an, Blake hatte den Kopf gesenkt, Smith starrte mich an wie ein Besessener. Miss Webster und Sybil waren bleich und wirkten gefaßt.

»Drückte die Person ab, befand sich keine Kugel im Lauf. Es war ein perverser Test. Jamesie muß seine ... Kreaturen gut gekannt haben. Wenn er sie nicht so gut kannte, traf er seine Vorkehrungen. Um dann sie – nicht sich – zu hassen. Wer abdrückte, hatte bei ihm verschissen ...«

Sybil begann, lautlos zu schluchzen.

»Wer nicht abdrückte, erntete seine Verachtung. Ich weiß nur von zwei, drei Personen«, hier bluffte ich, »die tatsächlich abdrückten. Es waren Frauen. Er konnte sie nicht leiden.«

Ich wandte mich an Blake.

»Hat er auch Sie aufgefordert, Blake?«

»Ja«, sagte er leise und direkt.

»Und Sie haben nicht abgedrückt. Und Sie, Smith?«

Shotgun mahlte mit den Kiefern. Der harte Mann wirkte, als wäre er den Tränen nahe.

»Natürlich habe ich nicht abgedrückt«, sagte er schließlich träumerisch. »Ich war sein Freund.«

»Es ist schierer Zufall, daß er nicht früher umkam«, fuhr ich gleichmütig fort. »Nicht erschossen wurde von einem jener unglücklichen Mädchen, die er verführte, schändete, verachtete, vorführte, beleidigte, hier und da mit einem Kind sitzenließ.« Ich wandte mich an den Anwalt.

»Zahlte er Unterhalt?«

»Ja«, sagte Fred leichthin. »Ich erledige das für ihn.«

Sybil bemühte sich, ihr Schluchzen zu beenden, fuhr sich über die Augen und sah mich starr an.

»Am siebzehnten September vergangen Jahres traf Walker seinen ältesten und besten Freund frühmorgens am Winniefred Beach«, nun beeilte ich mich. »Diese Freundschaft war die einzige, die gescheitert war. Walker scheint *Fitsy* geliebt zu haben. Aber er machte den Test mit ihm, drückte ihm die Firebird in die Hand; *Fitsy,* wütend und verständnislos, machte ihm klar, daß er, ich zitiere, *solche Faxen nicht mitmache,* es gab eine kleineres Gerangel. Ende.«

»Dieses Schwein!« flüsterte Smith. »Der hat Glück, daß wir ihn nicht erwischt haben.«

»Allerdings«, erwiderte ich. »Auf der anderen Seite: Ist es nicht ein schöner Tod, auf eigenen Wunsch vom besten Freund getötet zu werden?«

Keiner antwortete.

Sie nahmen mir meine Geschichte ab.

And the rebels we'll be
Is gonna set us free.
Bring out the rebel,
Bring out the rebel in me!
JIMMY CLIFF

Wir lagen auf unseren Badetüchern, unweit der Wasserlinie auf dem gelblichweißen Sand eines der schönsten Strände Jamaikas. Niemand außer uns weit und breit. Wie am Morgen der Tat vor über einen halben Jahr. *Fitsys böser Geist* ging noch um und hielt Neugierige ab, sich den »Ort seiner Verhaftung« anzusehen und nach Patronen zu suchen.

Wir hatten es gut inszeniert: Prento und *Exterminator* im Polizeijeep von San San her kommend, mit kreischenden Reifen – *Fitsy* unter einer Plane im Fond – und Sirene (Türen und Fenster in Fairy Hill Gardens schlossen sich eilends), mit Vollgas durch die Schlaglöcher zum Strand hinunter: *Fitsys* M 16 und die Dienstrevolver schossen in die Luft, Exterminator riß McLeans Verband vom Oberschenkel – die Wunde mußte frisch aussehen –, *Fitsy* fluchte, es »dir schmierigem Bullen heimzuzahlen«. *Exterminator* lachte, zeigte seine guten Zähne und schlug McLean gutgelaunt »zweimal aufs Maul«; der Gefangene wurde aufgerichtet, in einen der Rücksitze gehievt; Prento setzte sich neben ihn, den Dienstrevolver mit gebeugtem Ellbogen neben dem Kopf; Sirene, Blaulicht, und noch bevor sie die Hauptstraße erreichten, meldete die *Buschtrommel* die »aufsehenerregende Festnahme des *Staatsfeindes No. 1*«. Das war eine der Lebensversicherungen *Fitsys*. Nun würde er nicht von anderen Bullen am Strand oder auf der Wache umgelegt werden können.

Prento und *Exterminator* würden einen Anschiß bekommen: Warum hatten sie keine Verstärkung angefordert? (Damit *Fitsy* in Fetzen geschossen werden konnte, keine Aussagen mehr zu machen?) Ach, die Funkverbindung war abgerissen und, ach, das Telefonkabel in der Zelle in Fairy Hill durchtrennt! Valerie würde sich das Kopfgeld mit *Exterminator* teilen, und so sicher wie das Amen in der Kirche würde dieser ebenso befördert werden wie mein Freund Prento.

Valerie hatte Lust, sich in das ruhige, smaragdgrüne Wasser zu stürzen. Ich blickte ihr nach. In meiner Badehose regte es sich. Es war ein schöner Tag.

Am späten Abend würden Einwohner von Fairy Hill mit Felsbrocken, umgehauenen Bäumen, Autowracks und brennenden alten Traktorenreifen eine Straßensperre errichten: Die Wasserversorgung war seit Wochen zusammengebrochen, ein einziger Tanklastwagen der Nationalen Wasserwerke sollte ganz Portland, einen Bezirk mit etwas neunzigtausend Einwohnern, versorgen.

Polizeikräfte würden auftauchen, mit *schwerem Gerät,* und aus ihren automatischen Waffen in die Luft feuern. Aber dann würden sie wieder abziehen müssen, und die Einwohner von Hart Hill bei Buff Bay würden eine Straßensperre errichten, und die Leute in Fairy Hill würden zumindest in den nächsten Tagen mit Wasser versorgt sein.

Ich blickte zu der Stelle, wo *Doubletrouble* Walker gelegen hatte. Er war in Kingston beerdigt worden. Das Grab bestand aus ausgegossenen Hohlblocksteinen mit Halbzollmoniereisen, die Decke aus sechs Zoll Beton. Man hatte nicht neun Nächte um ihn getrauert. Er war nicht von Freundeshand getötet worden. Aber seine unversöhnte Seele, sein *bad spirit* würde aus diesem Grab nicht entweichen können.

Ich folgte Valerie ins Wasser und ließ mich auf dem Rücken treiben. Unsere Seelen baumelten mit den Beinen.

Glossar

Ackee	birnenförmiges rotes Gemüse; mit Stockfisch angerichtet, jamaikanisches Nationalgericht
Acre	Flächenmaß, 1 Acre entspricht ca. 4000 m² bzw. 1o,4 Hektar
Anancy	ursprünglich Spinnengott der Aschantis (west-afrikanischer Volksstamm); hat mal Spinnen-, mal Menschengestalt; gilt als ungemein arbeitsscheu, benutzt daher alle möglichen Tricks, sein Überleben zu sichern; setzt sich, das Gehirn gebrauchend, gegen Stärkere und Mächtigere durch
Backra	weißer Herr, Boß
Bandana	großes Kopftuch
Bellevue	Landesnervenklinik in Kingston
Browning	(hell-) braune Frau
Bumbo	Scham, Vulva
Bun	Korinthenbrot
Callaloo	spinatähnliches Blattgemüse
Chocho	birnenförmige Beerenfrucht; Gemüse
Claat	(Monats-) Binde; als Schimpfwort gebräuchlich; viele übliche Flüche und Schimpfwörter haben mit der Furcht jamaikanischer Männer vor der Menstruation zu tun
Colonial Office	(britisches) Kolonialamt
Common Law Wife	nicht staatlich oder kirchlich getraute »Ehe«frau
Concorde	Banknote im Wert von 100 Jamaika-Dollar
Coolie	Jamaikaner indischer Herkunft; die Bezeichnung wird oft geringschätzig gebraucht
Coroner's Inquest	amtliche Totenschau in Fällen unnatürlichen Ablebens
Crack	Kokain-Derivat; suchtbildend
Daily Gleaner	älteste und größte Tageszeitung Jamaikas
Dancehall Style	harte, urbane »Punk«-Version des Reggae
Dasheen	Taro (Knolle der tropischen Kolokasie); stärkehaltiges Grundnahrungsmittel
Don Gorgon	mächtiger, schreckenerregender (gorgonenhaf-ter) Mann, der alles unter Kontrolle hat
Duppy	Seele eines/einer Toten; Gespenst
Funde	kleine, doppelt mit Ziegenfell bespannte Trommel; wichtiges Instrument der Burru-Musik

Ganja	Marihuana
Gordon House	jamaikanisches Parlamentsgebäude
Greenback	US-Dollar
Großer Befreier	Expremierminister Edward Seaga
Higgler	Marktfrau, Straßenhändler/in; Säule des informellen »grauen« Sektors der Ökonomie
Housing Scheme	staatlich subventionierte Siedlung
Indian Cale	spinatähnliches Blattgemüse
Issa	Name einer reichen Kaufmannsfamilie
Jamaica House	Sitz des Premierministers
JLP	Jamaica Labour Party; 1943 vom ehemaligen Geldverleiher und späteren Gewerkschaftsführer Alexander Bustamante gegründete konservative Partei
Jamaica White	sehr heller Mischling
Jelly	junge Kokosnuß
Jelly-water	Kokosnußwasser
Jherry Curls	mit einer Art (stinkenden) Shampoos wird das krause Haar geglättet; eine weitere Chemikalie wird aufgetragen, so daß eine Haartracht mit größeren Locken entsteht
John Crow	Greifvogel, Aasgeier
Joshua	Spitzname Michael Manleys
Labourites	Angehörige der LP
Manley, Michael	Sohn des Gründers der PNP, Norman Manley; Gewerkschaftsführer, Politiker, Premierminister 1972-1980 und 1989-1992
Matalon	Name einer reichen Kaufmanns- und Industriellenfamilie
Mento	Tanz, aber auch Volksmusikrichtung; Vorläufer von Ska, Rock, Steady und Reggae
Morant Cays	der Ostspitze Jamaikas vorgelagerte Sandbänke
Muli	unfruchtbare Frau
Nayga	Schimpfwort für zurückgebliebene, faule, sture, dümmliche Personen (auch weiße und ostindische)
Ninjaman	berühmt-berüchtigter Diskjockey
Obeah	schwarze Magie
Parish	ursprünglich Kirchensprengel; Verwaltungseinheit; Jamaika ist in 14 Parishes unterteilt
Patois	das jamaikanische Englisch, Kreolisch
Patty	Pastetchen mit Hackfleischfüllung
PNP	Peoples National Party; 1938 von Norman Manley gegründete sozialdemokratische Partei

Posse	jamaikanische Bande in den USA
Prento	von apprentice, Lehrling
Privy Council	höchste juristische Berufungsinstanz des britischen Commonwealth
Quashie	dümmlicher, begriffsstutziger Mensch
Raatid	Ausruf; bringt Wut, Amüsement, große Verwunderung zum Ausdruck
Rass-claat	Claat
Record	zweitgrößte jamaikanische Tageszeitung
Red Snapper	delikater Salzwasserspeisefisch
Roots	Ursprünge; auch: erdverbunden, volksver-bunden
Rumbabox	Holzkiste mit Metallspangen; Rhythmusinstrument
Scandalbag	Plastiktüte
Seaga, Edward	Fraktionschef der JLP; Premierminister von 1980-89; ließ einen der übelsten Slums Jamaikas abreißen und errichtete auf dem Gelände mehrstöckige Siedlungshäuser (Bob Marley nannte die Gegend »Concrete Jungle«, Betondschungel); Seagas Wahlkreis ist Tivoli in Westkingston
Selector	er, nicht der Diskjockey, sucht die Platten aus und legt sie auf
Shandy	Bier-Limonaden-Getränk; vergleichbar der »Radlerbrause«, dem »Alsterwasser«
Shuffeln	ursprünglich: mit den Füßen schlurren; später: Tanz, bei dem die Füße sehr schnell bewegt werden
Spliff	Joint, große Marihuana-(Ganja-)Zigarette
Stew Peas	geschmortes Rindfleisch mit roten Bohnen
Stones	Sexhilfe für Männer, die Lust ihrer jeweiligen Partnerin zu erhöhen
Thompson, Roy	Ranghöchster der jamaikanischen Polizei (Jamaika Constabulary Force)
Tivoli	Hochburg der JLP
Turfie	ursprünglich Pferdesportanhänger; Mitglied einer Bande
Whitey	Spitzname für Angehörige der weißen Rasse
Yam	stärkehaltige, Knollenfrucht; der Kartoffel ähnlich, aber viel größer als diese
Yard	Hof, Haus, Heim; Tenement-yard: Mietskaserne oder Barackensiedlung im Hinterhof